マドンナメイト文庫

侵入洗脳 俺専用学園ハーレム

葉原 鉄

目次

contents

侵入洗脳　俺専用学園ハーレム

清楼学園熊谷特選学級「クマ組」名簿

最優秀生徒	
水科姫子（五年生）	おっとり清楚な深窓の令嬢。ある罪悪感から俺に尽くす。
堤エルナ（三年生）	北欧ハーフの人形じみた美少女。胸の発育が早い。
小宮鈴（一年生）	無邪気で人懐っこい普通の女の子。俺をパパと呼ぶ。
六年生	
水科華乃	姫子の姉。美少女だが高慢。腹違いの妹を憎んでいる。
乾真希	華乃の取り巻き。長いものに巻かれ、強者に媚びるタイプ。
工藤桂花	華乃の取り巻き。粗野で暴力的。
五年生	
朽木椎菜	眼鏡に三つ編みの文系少女。行儀正しいが気弱で奥手。
百合沢璃々	京都出身。同性とのスキンシップを好み、とりわけ姫子に執着。
四年生	
穂村小紅	学年でもかなり小柄。正義感が強く曲がったことが嫌い。
木山翠	眼鏡の文学少女。柔和な笑顔で場を和ませるが、案外耳年増。
伊黒小夜子	極端に長い黒髪の少女。声が小さく根暗だが気立てはいい。
桜小路モモ	アイドルに憧れる少女。自分を可愛く見せることに余念がない。
三年生	
伊豆倉アズキ	お団子頭がトレードマーク。早口で落ち着きに欠ける。
多聞春音	茶髪で愛想の悪い不良娘。実は寂しがり屋。
二年生	
蒲生比呂美	ぼんやりおっとり箱入り令嬢。幼児性が強い。
細田ぷる	クラスのイジられ役。良くも悪くも感情的で表情豊か。
河合美栗	愛想笑いで周囲に合わせる気弱な少女。打ち解けると依存しがち。
一年生	
大河原アキラ	ポニーテールの俊足女児。勝ち気で口調もやや荒っぽい。

第一章　小さな令嬢を交尾洗脳

「これからおまえを洗脳する」

旧友の白木《しらき》が唐突にそう言った。

およそ二十年ぶりにファミレスで再会し、すこし雑談を交わしたタイミングである。

「おいおい、いきなり宗教の勧誘か？」

熊谷《くまがい》は厚みのある頬肉を歪めて苦笑した。痩せぎすの白木にくらべると、名前のとおり熊のようなボリュームの体型だった。もっとも、筋肉よりぜい肉が多いので誇れたものではない。

「信用できないか？」

「信用はしたくないかな。大学以来ご無沙汰の友人が妙な宗教にハマってるとか、笑い話にもならないよ」

言葉と裏腹に笑いながら言う。

白木は昔から素っ頓狂なところがあった。痩せ型で顔色が悪く、眼鏡ごしにも陰鬱な目つきが窺える、見た目どおりに寡黙な男。そんな彼がたまにおかしな言動をするのが面白くて、熊谷は友だち付き合いをしていた。会社に就職してからは疎遠になったけれど。

「これを見ろ」

白木が左腕を突きつけてきた。手首に腕時計が巻かれている。盤面でタッチ操作可能のスマートウォッチだ。

「すこし改造して非可聴域の特殊な音波を出せるようにしてある。画面表示による視覚効果と合わせれば他者を催眠状態に置ける。その状態で俺の作ったアプリを使えば思考や感情、記憶を自由にコントロールできる。まあ要領は必要だが、その気になれば脳内物質やホルモンの分泌を操作して、長期的に肉体を改造していくことだって不可能じゃない」

「それよりおまえ、痩せすぎじゃないか？　腕時計スカスカだぞ」

もともと細身の男ではあったが、いまや枯れ木のような体型である。

「これ、おまえにやるよ。ミチミチにならないようにベルトの長さも調節できる」

「いや、スマートウォッチってけっこう高くないか？」

「おまえはこれを使って欲望を解放しろ。俺の知り合いのなかで、おまえが一番欲望が濃い」

「なんの話だよ」

熊谷は困惑した。白木の言いたいことがわからない。

「昔、ウェブサイトでポルノ小説を書いてたろ？」

「書いてたけど、昔のことだよ。まだ学生だったころの話だ……というかアレ、見てたのか」

「文章は粗雑だが、こめられた感情と欲望はものすごくて、正直ちょっと引いたぞ。そういうおまえだから、これを使わせたい」

「だからなんの話だよ。二十年ぶりに会ってこんな話がしたいのか？」

「遺言だよ」

白木は幽霊じみた青白い顔でにやりと笑う。

目つきが恐ろしくギラついていて、凄絶なまでの執念が感じられた。

熊谷は言葉を失った彼がスマートウォッチを操作するところを見ていることしかで

きない。
「俺、昔からこういうソフトウェアいじるの得意だっただろ。そこに脳神経科学や臨床心理学の知識を組みこんで作った洗脳アプリがこのSNOだ。SENNO《センノー》からENひとつを取ってSNO。俺の遺産だ。脳が無事なうちに渡したかった。いまわの際でおまえの所業が見たい。おまえの濃い欲望が俺の遺産とあわさってどうなるのか、大笑いしながら鑑賞してやるんだ」

チリ、チリ、と熊谷の頭蓋でなにかが焦げつくような音がする。

最初はくすぐったくて不快だったが、徐々に心地よく感じていく。

理性の焼け落ちていく音だった。

熊谷良男《よしお》は即日退職した。

退職金は規程の三倍請求し、特例で認められた。

去り際、大嫌いだった上司に頭からコーヒーをかけてやった。スマートウォッチで認識をいじると彼の表情が憤怒《ふんど》からへつらいの笑みに変わる。
「ありがとう、熊谷くん。最後にこんな親切を」
「これからは部下に腹が立っても八つ当たりなんかせずに、オマエのほうが謝れ。そうするのがオマエの幸せだ。わかったな？」

「わかりました。わたしが悪うございました」

土下座した上司の頭を踏みにじり、二十年間勤めた会社を去った。

「本当に効くんだな、ＳＮＯ」

先ほどは上司の認識を改変してみた。立場が自分より低い者ほど目上に感じるように。どん底まで見下していた熊谷はさぞかし高貴な人間に見えただろう。そこから先のおもねり具合は本人の性格の問題だ。

もっとも、先日までの熊谷も上司にヘコヘコ頭を下げる日々であった。相手が悪いと思っても謝る。そういう処世術で生きてきた。

いまの熊谷は違う。別人のように堂々としている。道を歩いていても、でっぷり太った体を恥じることなく胸を張って大股だ。

白木の洗脳によって、理性という名の弱気を焼却された結果である。

「あ、お姉さん、ちょっといいですか？」

熊谷は前方から歩いてきた女性に声をかけた。スカートスーツを着た二十代ほどの美人ＯＬ。一瞬、不審げに顔を歪められた。

すぐに愛想笑いが浮かぶ。

「はい、なんでしょう」

「ちょっとこれを見てください」

スマートウォッチを突きつけて、画面をタッチ。

画面が奇妙な図形を描き、非可聴域の音波が流れだす。

「アンケートを採ってるのですが、私を見てどんな気持ちになります？」

「そうですね……最初は正直気持ち悪かったのですが、お顔を見てると徐々にそこまで悪くないというか、パグ犬でも見てるような……」

ＯＬの愛想笑いが自然な笑みに変わっていく。

タッチ画面で好感度を徐々にあげていった結果だ。

「じゃあ、キスしていい？」

「ええ？　それは困ります」

ＯＬの表情があっさりと嫌悪感に染まる。

「やっぱり嫌ってる相手をその場で好きにさせるのは無理かな。長期的に感情をいじるか、それとも……」

熊谷はぶつぶつと独りごちながらスマホをいじった。ＳＮＯはスマートウォッチと連動することでより細かく操作できる。

認識操作——目の前の男がイケメン俳優の小倉京次《おぐらけいじ》に見えてくる。

ＯＬの目が驚愕に見開かれたかと思えば、恍惚ととろけた。

「よし。感情そのものをいじるより、まずは脳が受け取る情報をいじるほうが効果的なんだな。納得した」

「あの……アンケートでしたら、いくらでも協力しますけど」

「ここでキスしましょう」

「え！　うーん……いいけど、恥ずかしいですよぉ」

ＯＬは頬を赤らめながら、そっと目を閉じた。濃いルージュの乗った唇をほんのり突きだしてくる。

熊谷は記憶消去ボタンをタッチして、ＯＬの前から立ち去った。

後ろから彼女の困惑する声が聞こえてきた。

「ん、あれ……私、あれ、なにして……？」

なにもない空間に唇を突き出していることが自分で理解できないのだろう。

熊谷としては、とくにキスしたい相手でもなかった。美人ではあっても好みではない。あくまで機能テストのために利用しただけだ。

「すごいな、このＳＮＯは」

旧友から譲り受けたスマートウォッチを眺める。

タッチ操作で簡単に催眠洗脳。スマホやＰＣと連動すれば、Ｅｘｃｅｌが使える程度のＰＣ知識で活用の幅が広がる。

「やるか」

熊谷は股間を熱くした。欲望がたぎっている。

学生のころはやり場のない想いを小説にぶつけ、ネットに公開していた。あまり世間的には誇れない内容だったと思う。社会人になると、万一会社のだれかに見られたら困ると判断し、すべて消去した。

「小説に書いたようなこと、現実にやってやろう」

最初の一歩をどこで踏み出すべきかも白木が示してくれた。いい友人だ。

スマホでＳＮＳアプリを起動。

先日白木が紹介してくれた男にメッセージを送信する。

『明日そちらに伺います。入場許可証の準備をお願いします』

返事は見るまでもない。命令に服従するようＳＮＯで洗脳済みだった。

一週間後、高い塀に囲まれた白い学舎《まなびや》が熊谷を待ち受けていた。

清楼《せいろう》学園は小中一貫教育の私立学校である。

売り文句は「安全環境、のびのび教育」。学力に関してはそこそこだが、セキュリティには自信があるということらしい。

入り口は正門と裏門のみ。どちらも警備員が張りこんでいる。

「お疲れ様です。アポイントを取っていた熊谷です」

熊谷は先日送られてきた入場許可証を鞄から取り出し、首から提《さ》げた。

警備員は内線で確認を取ると笑顔で通してくれた。

「あ、それとこれ見てもらえます？」

ＳＮＯで認識改変。今後、熊谷は確認不要でフリーパス。児童特別指導官の国家資格第一級を持っており、その権力は政府各省の大臣に匹敵――と、あらかじめ設定しておいた情報を刻みこむ。

「あ、なるほど。承知しました。お疲れ様です」

深々と頭を下げてくる警備員に申し訳なさを感じた。が、豆粒より小さな感傷だ。

熊谷の心を支配するのはあくまで欲望である。

「大学以来だなぁ、学校に入るの」

独身なので我が子の授業参観に出るような機会もなかった。

初等部と中等部に分かれた学舎を眺めると不思議な感慨がある。授業中の時刻なので生徒たちの姿は見えない。校庭のほうから体育にいそしむ声は聞こえる。そちらも気になるが、ひとまず校舎に踏みこんだ。

初等部のほうである。

来客用入り口の受付も正門と同じように通過。認識操作もしておく。

校内見取り図を確認して、二階の職員室に向かった。

入室すると教員たちの視線が集まる。熊谷の人相を確認するなり、彼らの顔にほほ笑みが浮かんだ。

「どうもお疲れ様です、熊谷指導官！」

若い教員が近づいてくる。白木に紹介された高見沢《たかみざわ》教諭だ。ジャージが似合う二十代の健康的な男性で、大学生のように屈託のない笑顔を浮かべている。

「どうも、熊谷さん。今日はわざわざご足労いただいて」

「お願いしていたことは？」

「はい！　一週間毎日、教員と生徒たちに徹底しておきました」

高見沢には熊谷がやってくるまでの下準備を頼んでおいた。

学内すべての支給用電子タブレットにＳＮＯの受信専用アプリをインストール。教師と生徒に熊谷の外見を教え、児童特別指導官だと認識させておいた。学園で動きまわっても警察沙汰にさせないための方策だ。事務員や警備員には徹底できていないようだが、それも時間の問題だろう。

「じゃあ、例のものを」

「はい、アンケートですね」

熊谷は高見沢から数枚のプリント用紙を受け取った。

初等部美少女アンケート。

学年別に見目麗しい女子生徒を選ばせ、投票させた。もちろんSNOによる暗示がなければ不謹慎だと却下されていただろう。

「一年と二年はかなり票が割れてるね」

「ええ、やはりそれぐらいの年齢だと、みんな小さくて可愛らしいので」

「三年は堤《つつみ》エルナ一強と」

「北欧系のハーフなんですよ。お人形さんみたいなって形容はああいう子のことを言うんでしょうね。美少女です。あと、体の発育が一部とてもよくて」

高見沢の笑みに下卑《げび》た色が加わる。小学校で教鞭を執りたがる男は大なり小なりロリコンだ。熊谷が言えたことではないけれど。

「四年は……四人ぐらい団子か。五年は水科姫子《みずしなひめこ》がトップ、六年……も、水科？」

「ああ、水科さん。母親が元女優ですからね。父方はほら、あのミズシナです」

「……水科グループ？」

水科グループは戦前の財閥の流れをくむ大規模企業グループだ。熊谷が勤めていた会社も下請けとして関係があった。

ただし、熊谷個人としては別の関係もある。

「そうか。水科で、高学年の女の子……年齢は合うな」

熊谷は記憶を掘り起こした。

高級車の後部座席で目を丸くした子どもたち。幼稚園か小学校低学年ほどの小さな女の子たちだ。より小柄な子がひどく怯えた顔をしていた。

「五年生の水科姫子さんのクラスに案内してください」

熊谷はほくそ笑んだ。


清楼学園初等部は学年ごとにクラスがふたつずつしかない。

以前は三クラスほどあったが、少子化により生徒数が激減したという。それでも女子校から共学に変更することでずいぶんと持ち直したらしい。

授業と授業の合間の休憩時間。

五年一組は生徒たちの声が飛び交って騒がしい――が、子どもが二十人ほども集まっているわりにはむしろおとなしいと熊谷は感じた。走りまわる生徒も見当たらない。裕福な家庭でお行儀よく育てられた子どもが多いのかもしれない。

「ほら、熊谷指導官、あそこ。水科さんはあの窓際で立ってる子です」

「ほう……なるほど、これはこれは、たしかに」

高見沢の指先を目で追うと、窓際の三人組が目に入った。

だれが水科姫子なのかは一目瞭然。

際立って美しい少女だった。

ピンと伸ばした背に沿うように艶やかな黒髪が流れている。胸はなだらかで手足はか細い。女として未成熟な華奢さである。グレーのジャンパースカート制服が幼児体型特有の清楚さを際立たせるかのようだ。

「水科姫子……身長一四八センチ。体重三八キロ。水科財閥会長の孫」

横顔を見るとやや目尻が切れあがっているが、ツンケンした印象はない。まだ小さいが形のいい鼻や頬の柔らかさが、あどけなく愛らしい雰囲気を醸し出している。表情にも品があって、いかにもお嬢さまといった風情《ふぜい》だ。

「子どもだな」

熊谷はツバを飲んだ。すこし息苦しい。股間がむずがゆい。

美人ＯＬと向きあったときには感じなかった昂《たかぶ》りが突きあげてくる。

「高見沢先生、水科さんを呼び出してください」

「はい、わかりました」

高見沢は教室に入って姫子に声をかけた。

彼女は楚々《そそ》とした仕草で会釈し、言われるまま高見沢についてくる。熊谷の前に立つと、両手を前で重ねて深くお辞儀した。

「熊谷指導官さん、はじめまして。五年一組、水科姫子です」

川のせせらぎのように涼やかな声だった。大人びたしゃべり方だが、声そのものは子どもらしい高さである。

「はじめまして、水科さん。児童特別指導官の熊谷です。これから清楼学園で特別指導をおこなうにあたって、水科さんには最初のお手本になっていただきます」

「私がお手本、ですか？」

「そう。まずは保健室へ行こうか。高見沢先生は通常業務に戻ってください」

熊谷は適当に高見沢を追っ払った。

一対一で向き合った姫子の手をそっと握る。

「特別指導は手をつないで信頼関係を作るところからはじまるんだよ」

「はい、事前説明にあったとおりですね」

姫子は慎ましくも屈託ない笑みを浮かべる。中年男にいきなり手を握られて怖がったり不審がる様子はない。あらかじめＳＮＯで偽りの業務説明を刷りこんでおいたのが功を奏した。

――児童特別指導においてはスキンシップがとても重要です。

支給用タブレットを起動するたびＳＮＯで暗示をかける。それが当たり前のことだと。むしろうれしくなることだと。今回の行動まで一週間の準備期間を設けたのは、暗示が浸透するのを待つためでもある。

「学校は楽しい？」

「はい、楽しいです。友だちもたくさんいるし、勉強も好きです」

「教科はなにが好き？」

「国語と社会と理科と……算数は好きじゃないけどイヤでもないです。あ、体育はちょっと苦手。ドッジボールとかソフトボールとか、球技はなんだか恐くて」

「姫子ちゃんはインドアの優等生なんだね」

「優等生……ありがとうございます」

褒められると簡単に相好《そうごう》が崩れる。子どもらしい素直な反応が好ましい。

つないだ手もちいちゃなお子さまサイズ。すべすべのぷにぷにで触り心地も抜群。強く握りしめたら壊れてしまいそうな危うさがたまらなかった。大人の女ではこうはいかない。やはり小さな女の子がいい。

階段を降りて一階へ。

保健室は角を曲がってすぐのところにあった。

ドアを開けると小太りの女性がいた。養護教諭だろう。

「失礼、特別指導をおこなうので使わせていただけますか？」

「ああ、はいはい、熊谷指導官ですね。お噂はかねがね。どうぞご自由に」

「では、しばらく席を外してください」

熊谷は養護教諭にスマートウォッチを突きつけた。特別指導官の行為に間違いはないと、すこし強めに暗示をかけておく。

「わかりました。ではごゆっくり」

立ち去る養護教諭に、姫子は律儀《りちぎ》に頭を下げた。礼儀作法が行き届いている。なんともご立派な家庭教育を受けているらしい。

「さあ、姫子ちゃん。このベッドに座って」

「はい、指導官」

「俺のことはおじさんでいいよ」

「ええ……でも、失礼ではないですか？」

姫子はベッドに腰を下ろしながら、戸惑うように言う。

「特別指導官は児童と仲よくなるところからはじめないといけないんだ。指導官なんて呼ばれるより、おじさんって呼ばれたほうが近しい感じがするだろう？」

「そうかな……そうかも？　うーん……」

熊谷はとなりに座っているうちに、彼女は決断を下したらしい。

上目遣いに、すこし申し訳なさそうに言ってくる。

「……おじさん？」

「よくできました」

頭を撫でてやると、姫子はすこし恥ずかしげに目を伏せた。嫌がってはいない。SNOの暗示がしっかり効いていた。

「さて、今後この学校で特別指導していくにあたって、姫子ちゃんにはお手本になってほしいんだけど、具体的にどうするかは聞いてる？」

問いかけながら肩を抱く。骨格そのものが小さくて儚《はかな》い。優しく手のひらを乗せてさすった。服の上からでも肌のなめらかさが伝わるようだ。

姫子はやはり嫌がることなく、質問への回答としてかぶりを振る。

「じゃあ教えてあげよう。われわれが指導しているのはね、大人の男性とのコミュニケーションの取り方なんだ」

「コミュニケーション……お話の仕方とか、ですか？」

「もっと言うと、こういうスキンシップだね」

熊谷は姫子のサラサラした髪に鼻を寄せ、すうっと息を吸った。

「あ、それは……」

「恥ずかしい？」

「……ごめんなさい、ガマンします」

「嫌なら嫌と言っていいんだよ。大人との特別コミュニケーションは基本的に双方楽しくするものだからね」

顔をいったん離したが、鼻腔には甘酸っぱい少女の匂いが染みついている。香水など必要としない天然の甘みに脳がとろけるかと思えた。顔を赤らめて申し訳なさそうに眉を垂らしている表情も愛らしい。

股のあいだで血流が速まり、もどかしさが募りゆく。

「じゃあ、マッサージをしてもらおうか」

「マッサージ、ですか？」

「特別なマッサージでね。子どもの手じゃないと効果が薄いんだ。俺みたいなおじさんはね、このマッサージを定期的にしないと毎日つらくて」

スマートウォッチをすばやく操作。あらかじめ用意しておいた暗示パターンのひとつを展開。姫子の視界に入れる。

——目の前の男性の言うことを聞いたらうれしくなってしまう。

彼女の手を取った。

自分の股に引き寄せ、こわばった股間に置く。

「えっ……」

姫子の肩がすこし跳ねるが、手を引く様子はない。

「ここをなんに使うかは知ってる？　おしっこ以外に」

「ええと……」

「セックスのこと知ってるんだね」

耳まで真っ赤にしてうなずく様が可愛らしい。五年生にもなれば性知識ぐらいはあってもおかしくない。そこに羞恥心がともなうのが好ましい。

「恥ずかしいかもしれないと聞いてほしい。大人になるとね、できれば毎日セックスしなきゃダメなんだ。とくに男はね」

「そう、なんですか?」

「射精ってわかるかな? コレの先からぴゅっぴゅって白いのが出るんだけど、溜めすぎると体に悪いんだよ」

言いながら、男の怒張を小さな手ごとやんわり握りしめる。ゆっくりと上下に動かすと、興奮も相まって痺れるほどに気持ちいい。

「小さな女の子にココを気持ちよくしてもらうと、すごくたくさん出るんだ。大人じゃなくて、まだちっちゃい小学生ぐらいの子が一番いい」

「気持ちよくっていうのは……その、こういうふうに、ですか?」

「そう、基本はこするんだ」

すこしずつ握力を強めていく。心地よい痺れが濃厚になりゆく。このままだと服の下で暴発してしまいそうなので、いったん手を離した——が、姫子の手は離れない。それどころか、慣性がついたかのように怒張を愛撫しつづけている。

「こんな感じ……ですか?」

不安げに訊《たず》ねてくるので、熊谷は笑顔で彼女の頭を撫でてやった。

「すごく上手《じょうず》だよ。姫子ちゃんはシコシコの才能があるね」

「ありがとうございます……ふふ」

口元に手を当てて笑う仕草など深窓の令嬢といった印象である。他方の手では男の逸物に奉仕しているというのに。

「じゃあ、次は直接触ってみようか」

「えっ……直接って」

「ズボンから出すから、しっかり見ててね」

熊谷は逸る気持ちのままにファスナーをずらし、ベルトも外した。すっかり勃起しているので引っかかりながらも、どうにか逸物を取り出す。

反り棒が威勢よく天を衝いた。

「ひっ……」

姫子は手を引っこめて顔をこわばらせた。

失策である。男根に関する暗示はまだしていない。熊谷に対してはある程度好感を持つよう下準備をしておいたが、それでも逸物の醜悪さは別問題だ。

なにせ色が赤黒いし、エラに張りついた包皮がみっともない。太い血管と細い青筋が入り乱れて脈打ち、先端から透明な露があふれ出す。子ども目線ではひどくグロテスクだろう。

「……ごめんね、気持ち悪いよね」

「あ、いえ、そんな……」

姫子は言葉を濁しているが、熊谷の言葉を否定はしなかった。

だからこそ、という気持ちがある。

(おじさんはね、この気持ち悪いものをキミみたいな可愛らしい小学生にねじこみたいと思ってる腐れ外道《げどう》なんだよ)

恥じ入るような良識はすでにない。むしろ興奮する。

清らかで愛らしい子どもと醜悪な男根の組み合わせ。まるで美女と野獣だ。

だから動揺せず、あらためてスマホからSNOを細かく操作。新たな暗示パターンを用意しておく。

「俺のチ×ポが気持ち悪くなったのも、ぜんぶ事故のせいなんだ」

「事故……?」

「六年前に車に轢《ひ》かれて、そのときの後遺症だよ」

後遺症は真っ赤な嘘だが、六年前に交通事故に遭ったのは本当だ。

「相手は大きな会社の社長さんでね。慰謝料はもらえたし、いい病院も紹介してもらえたけど、ココだけは治らなくて……児童との特別コミュニケーションでシコシコぴゅっぴゅしないとダメな体になったんだ」

「そうだったんですね……」

姫子が伏し目がちになるのは同情のためだろうか。あるいは過去の記憶を思い出して気まずいのだろうか。

「その会社がね、水科重工って言うんだ」

かすかに聞こえたのは、小さな喉が息を止める音。

すかさずスマートウォッチの暗示パターンを更新した。

——思い出して後悔しろ。

姫子の顔が青ざめていく。六年前のことを思い出しているのだろう。

父の運転する車に轢かれて動かなくなった肥満体の中年男。かすかな痙攣とうめき声。アスファルトに流れ出した血。

「キミのお父さんを責めるつもりはもうないよ。治療費も慰謝料もしっかり払ってもらったからね。心から謝ってくれるいいヒトだと思ったよ」

当時の水科氏の対応に不満はない。善人だと思ったのも事実だ。熊谷に理性や良心が残っていれば、付けこむような真似はできなかっただろう。

「……ごめんなさい」

姫子はいまにも泣きだしそうな顔をしていた。可哀想だが、かわいらしい。

「ああ、違うんだ。ほんとうに責めてるわけじゃないんだ。ただ、後遺症が残ってるから手伝ってほしいだけなんだ」

あらためて彼女の肩を抱き、頭の近くでささやく。

「してくれるよね、ち×ぽいじり」

さらに暗示パターンを変更。

――罪滅ぼしをすればうれしくなり、興奮していく。

「……します。やります。やらせてください」

「なにをしてくれるの？」

「その……おち×ちん、触って、気持ちよくして、ぴゅっぴゅって」

「じゃあ、お願いするね、姫子ちゃん」

熊谷は腰を揺らして肉棒を振った。

姫子はうなずき、手を伸ばす。

細い指が恐々と逸物に絡みついた。

「おぉ……子どもの手だ……！」

熊谷の口から深いため息と強い感慨が漏れた。

「あの……痛くないですか？」

「だいじょうぶだよ、むしろ気持ちいい……ありがとう、姫子ちゃん」

「は、はい……！　よかったです、おじさんが気持ちよくなって。私、もっとがんばります……！」

姫子はすこし前のめりになり、肉棒をしごきはじめた。ガマン汁の奏でる卑猥な響きが耳に心地よい。あどけない美少女が醜悪な熱棒に奉仕している事実が聴覚的に実感できて感動的だった。

（俺はいま、子どもにち×ぽ触らせてるんだ……！）

表沙汰になれば犯罪である。良識的な社会が血眼《ちまなこ》になって制裁を加えるだろう。SNOがなければ人生に幕が下りていたところだ。そんな背徳感に優越感すら加わっていた。ほかのロリコンなら逮捕されるような行為を、法に問われることなく楽しめるのだから。

「あったかい……」

姫子は呟《つぶや》いた。男根をしごきながら、心なしか陶然とした様子で。

呼吸はすこし乱れている。子どもらしくきめ細かな肌はほんのり汗ばみ、頬の色は歴然と赤い。ＳＮＯの干渉で脳内物質の分泌を促《うなが》せば興奮させることも簡単だ。もっとも、興奮しているのは熊谷も同じである。

息が荒いし、心臓は高鳴っている。

「いいよ、姫子ちゃん。気持ちいいよぉ、ふぅ、ふぅ」

「ほんとうですか？　よかった……たくさん精液出てるし、私、うまくできてるんですね……」

「これは精液じゃないよ」

「え……さっきからこんなにいっぱい出てるのに……？」

姫子は手を離して、糸を引く腺液を寄り目気味に眺めた。

「それはガマン汁って言うんだ。精液はもっとぴゅっぴゅって飛び出すものだよ」

「シャセイって大変なんですね……男のひと、みんながんばってるんだ……」

子どもゆえの感性か、感心するポイントが独特である。そういった無垢さも、ＳＮＯを使えばいくらでも自分好みに染められる。

無限の可能性を持った未来を塗りつぶすことができるのだ。外道の歓喜に身も心も昂《たかぶ》って仕方がない。

「だいじょうぶですか……？　すごく息苦しそう……」

「心配いらないよ、気持ちいいとだれでもこうなるんだ」

姫子は呼吸が乱れた中年男を心配そうに見あげていた。罪悪感もあるのだろうが、根っから心優しいのだろう。

「気持ちいいけど……ちょっと物足りないかな」

嘘である。いつイッてもおかしくない。

「ご、ごめんなさい……がんばります」

「手だけじゃ時間がかかっちゃうかもね。口も使える？」

熊谷がさも当然のように言うと、姫子は目を白黒させた。

「口って……えっと……」

「舌でペロペロしたり、ちゅっちゅってキスしたり、しゃぶったり」

「汚くないですか……？」

「汚いからキレイにしなきゃダメなんだよ。手やタオルよりお口のほうが柔らかくて、ち×ぽに負担がすくないからね」

「なるほど……じゃあ、しないとダメ、ですよね」

本来なら浮かぶであろう疑問も洗脳効果で薄れていく。さすがに忌避感はあるだろうが、いまは罪悪感が上まわる。

ごくり、と姫子は緊張でツバを飲んだ。

「大人のち×ぽって、こう見えて意外と甘いんだよ」

SNO操作。味覚の錯誤を引き起こすパターンも用意しておいた。子どもにしゃぶらせたくて仕方がなかったからだ。

「じゃあ、やってみます……」

言いながらも、姫子はなかなか舌を出せない。五年生の唇は穢《けが》れのない桜色で、リップもなしに艶めいている。こすられた腺液が白く泡立って付着した男根とは対照的だ。そのギャップが熊谷にはたまらなく色っぽく見えた。口紅をべったりつけた大人の女では出しえない、幼さゆえの背徳的な色気である。

「れう……」

舌先がちょこんと出た。

やはり綺麗なピンク色で、桜の花びらのように小さい。

子どもの舌だ。

姫子が背を丸くして男根に顔を寄せる。

接触した。竿肉の中ほど、ほんの小さな一点。熊谷からはほとんど感触もない。

「甘い……？」

不思議そうな感想を漏らし、少女は舌を動かした。ちろちろと可愛らしいなめ方で、すこしずつ味わう範囲を広げていく。肉棒に塗りこめられる唾液の量もゆっくりとだが増えていた。ＳＮＯによる味覚誤認はしっかり作用しているようだ。

「上手だよ、姫子ちゃん。ああ、すごくいい……」

「ほ、ほんとですか？」

「ち×ぽが幸せになってるよ、すごく」

「よかった……私、がんばります」

姫子は奮起してフェラチオに耽った。

拙《つたな》い舌遣いだが熊谷の腰は震えっぱなしである。肉体的な快感以上に精神的な昂揚感が強い。

自分の四分の一くらいしか生きていない子どもに、あめ玉やチョコレートを好むであろう幼い味覚に、男の体でもっとも罪深い部分をなめさせているのだ。

「キスもしてくれないか？」

「キス……こう、ですか……？」

舌が引っこみ、唇が逸物に触れた。

「ちゅっ」

それは吸着音でなく、姫子が口で言った擬音である。なんとも子どもらしくて微笑ましい。きっと本当のキスをしたことがないのだろう。

「かわいいね、姫子ちゃん。次は唇をつけて吸ってみようか」

「吸う……」

言われるままに姫子は唇をつけ、ちゅと音を立てた。今度はしっかりと皮膚越しに血が吸いあげられる感がある。ほのかな喜悦にぞわぞわと鳥肌が立つ。

「その調子でもっとちゅっちゅって吸って。ち×ぽのいろんな場所を」

「はい……ちゅっ、ちゅぢゅッ、ちゅーっ、ちゅっちゅっ」

キスの雨が敏感棒に降り注いだ。

中ほどだけでなく根元付近、手で角度を変えながら尿管の膨らみなど。なめるより刺激が強くて、熊谷の二重顎が何度も浮いた。

「おじさん、気持ちよさそう……よかった」

姫子は安堵したように表情をゆるめた。ＳＮＯの暗示により、熊谷が満足すればするほど贖罪《しょくざい》欲求が満たされる。贖罪欲求が満たされれば興奮していく。

「なら、次は先っちょのほうもキスしてなめなめしようか」

「先、ですか……？」

「なんとなく避けてたでしょ？　亀さんの頭みたいな部分。ガマン汁でヌルヌルしてるのが気持ち悪いんじゃないの？」

「あの……ごめんなさい」

「責めてるわけじゃないよ。でも、ち×ぽの甘さはガマン汁の味なんだよ。さっきまで手で塗り広げてたでしょ？」

「そうなんだ……なるほど……」

大嘘だが姫子はあっさり信じてくれた。

そして亀頭をなめた。れろ、れろ、とおっかなびっくり。

出たばかりのガマン汁をなめとると、表情に驚きの色が浮かぶ。

「ほんとだ……すごく甘くて、おいしい……ちゅっ」

今度はキス。強烈な吸着感に熊谷は総身を震わせて歓喜した。

「おっ、いい……！　子どものお口奉仕は最高だな……！」

小さな頭を撫でて行為を促《うなが》す。

姫子はなめて吸った。

先ほどまでより舌を大きく遣い、キス音も派手に鳴らす。

たびたび上目遣いに熊谷の顔色を窺っている。反応の大きさを確認して責め方を調整しているのだろう。教師アンケートには真面目で気遣いのできる少女だとメモ書きがされていた。

「フェラチオまで優等生なんだな……おおっ、いいぞぉ……！　次は先っちょをくわえてちゅぱちゅぱしてみようか。ガマン汁をぺろぺろ味わってもいいぞ」

「はい……あむっ」

やはり姫子は従順だった。大口を開けてしゃぶりこむ。鼻の下を伸ばすのは少々品がないが、大人サイズの亀頭をくわえるには致《いた》し方ないことだ。

「ん……ぢゅる、ぢゅうぅ……ちゅぱ、ちゅぱ、ちゅっ」

「おぉ……赤ちゃんみたいに吸ってる……！」

吸いこむたびに温かな口内粘膜が亀頭に張りついていた。わずかな隙間を唾液とガマン汁が行き交《か》い、小粒の摩擦感を無数に生み出す。

舌もさかんに動いている。甘いものをなめたくて仕方ないのだろう。

「ふぅ、ふう……おいしいかい？」

「ん、ふぁい、あまくておいひいれす……れろれろっ、ぢゅぱぢゅぱっ」

「おおぉ、上手だよ、気持ちいいッ……！」

しゃぶりながら手コキまでしているのは学習能力の高さゆえか。

加速度的に愉悦が高まり、快感神経が熱くなっていく。

姫子もそれを察したのか、手と口の動きを激しくした。

(感動だ……！)

義務教育も終えていない子どもが、中年男をイカせるために奉仕している。額に汗しながら、嫌がるどころか甘みと瀆罪に酔いしれて。

「ぢゅぴぢゅぱッ、ぢゅっぱ、ぢゅじゅぢゅううぅうッ……！」

「うッ、出るッ、子どもの口に濃いの出るッ！　出すぞ、姫子ッ……！」

背徳感の頂点で熊谷は射精した。

脳が溶けるような快感だった。四十年以上の人生でずっと求めていたことだ。

可愛らしい子どもを性欲の捌《は》け口にする――絶対に許されない願望を果たすべく、この日のために溜めてきた精液がすさまじい勢いで噴出する。

「んぐっ、んううッ……！　んぶッ、ふぐッ……！」

「こぼしたらダメだよ？　お口にたっぷり溜めておくんだ……！」

姫子の頭を両手でつかんで固定した。すっぽり収まる小ささに興奮して、またびゅーびゅーと精を出す。

少女の頬が丸く膨らみ、亀頭の周囲が粘っこい液で満たされた。

「んー、ふぅ、ふぅ……ん、ん、んぢゅ……」

最初は驚いていた姫子だが、だんだん目が潤んでくる。苦しくて泣きたいのでなく、精液の甘みに酔いしれているようだ。完全にメスの顔である。子どもがしていい表情ではない。

「ふー、気持ちよかった……！　お口離してもいいけど、こぼさないようにね」

「ん、ふぁい」

姫子は隙間ができないよう唇を窄めて頭をもたげていく。

亀頭が抜ける瞬間、ちゅぽんっと小気味よい音がした。

粘膜への最後の摩擦で尿道に残った精液が飛ぶ。姫子の顔にへばりつく。

「んっ、んむぅう……！」

「口を開けてみようか」

熊谷は戸惑い気味の姫子に命じた。

「あーん……」

開かれた唇から白濁色の池がのぞける。なみなみと満たされた液汁に戸惑い気味の舌が浮かんでいた。子どものお口が小さいことを鑑《かんが》みても大量である。

「いっぱい出たなぁ。記録のため写真を撮っておくよ」

「ん、ふぁい……」

「甘くて美味しいよね。このままレロレロぐちゅぐちゅして味わおうか」

「ん、んぅ……れろ、れろ、ぐちゅ、ぐちゅ……」

暗示が浸透している姫子は逆らえない。どれほど淫猥な行為かはわからずとも、下品な行為であることは想像できるだろう。裕福な家系の令嬢なら礼儀作法も厳しく躾《しつ》けられているはずだ。

(そんなお嬢さまが中年の精液を味わってる……!)

歪んだ欲情が熊谷の下腹で煮えたぎる。男根は萎えることなく勃起したままだ。

「じゃあ、次は飲みこんで」

「んん、ん、んん……ん、んみゅ、むぅ……んぐっ、ごくっ」

姫子は口を閉じて濁液を飲みこんだ。粘っこくて飲みこみにくいのか、喉音がやけに大きい。恥じらいに赤くなる耳が可愛らしい。

「おじさんのザーメンが姫子ちゃんの体の深くに入っちゃったね」

口と顔ばかりか食道と胃まで汚辱した。感無量だ。

「んぅ……ふぅ、ぜんぶ飲みました」

「ありがとう、姫子ちゃん。おかげですごく気持ちよかったよ」

頭を撫でて褒めてやると姫子は笑顔でため息をついた。これで贖罪ができたと安心したのだろうが、熊谷は止まらない。先ほどまで姫子の痴態を撮影していたスマホを操作し、新たな暗示パターンを読みこむ。

「姫子ちゃんすごく上手だったから、上級の指導もしてみようか」

「上級……？　もっとお口で……？」

「いや、今度は違う場所を使うんだよ」

現在の暗示は浅い催眠から深い洗脳へと自動的に変化していくパターン。徐々に慣らすことで違和感や心理的抵抗を奪っていく。

「セックスってわかる？」

「え、あ……それは、はい。性教育は受けてますので」

すこし言いよどむだけの羞恥心は残しておいた。姫子にはそれぐらいが似合う。

「姫子ちゃんはしたことはある？」

「それは……」

「セックスしたことある？」

「ない、です……」

「本当に？　いまどきの子は早いって聞いたけど」

「はい……クラスの何人かは、したことあるそうですけど」

暗示で嘘はつきにくいはずだし、嘘をつく意味もあまりないだろう。

「じゃ、おじさんとしようか」

「それは……指導で、するんですか？」

「もしかして初めては好きな男の子としたい？」

「というか……そういう行為は、結婚してからだって、家で教えられて」

思ったよりもお嬢さま育ちだったらしい。

熊谷は軽く笑い飛ばした。

「あはは、心配しなくてもいいよ。セックスと言っても指導は別だから。むしろ指導で勉強してからのほうが初体験で失敗しなくていいんだよ」

無理のある言いぐさだが、相手は子どもなうえにＳＮＯの暗示もある。さらに自分の膝をわざとらしくさすって見せた。いかにも後遺症がありますというふうに。

「わかりました……や、やってみます」

「よし、じゃあしようか、セックス指導。それともパコパコするって言ったほうが可愛いかな？」

「パコパコはなんだかヘンです」

くすり、と姫子は小さく笑った。緊張がすこしほぐれたようだ。

(ほぐれないと入らないだろうからな)

熊谷の頭は下卑《げび》た思考に支配されていた。

姫子は特別指導員を信頼し、言われるまま仰向けになった。

ベッドに紛れて消えそうなほど薄い体つきだった。黒タイツに包まれた足もフルートのようにすらりと細い。

骨格の成長に肉づきが追いつかなくなりがちな年ごろだが、年齢平均とくらべてもスマートなほうだろう。かと言って痩せぎすな印象もない。女らしい清楚で上品な体型である。穢し甲斐がある。

「まずはマッサージだね」

熊谷は舌なめずりを堪《こら》え、にこやかな笑顔を取りつくろった。

まずはふくらはぎに触れる。

「ん……」

緊張の震えを解きほぐすようにさすり、優しく揉む。肉の起伏に欠ける細脚は当然ながら柔らかみが薄い。それこそが年齢特有の清純さだ。

なめらかなタイツ生地に手を滑らせていく。膝下ちょうどのジャンパースカートの内側へ。膝小僧も小さい。指先でくすぐると、ヒクンッと下肢が震えを返した。

「ん、んん……」

「くすぐったい？」

「は、はい……でも、なんだか、変なくすぐったさで」

膝から上はすこし肉感が増すが、なお細脚の範疇《はんちゅう》。太ももでなく細ももだ。外側から内側へと指先を這わせると、さらに大きく下肢が跳ねる。

「んっ、ふぅ……」

「もしかして姫子ちゃん、感じてる？」

「感じて……と、いうのは、なんでしょうか」

「くすぐったいようだけど、嫌な感じじゃないんだよね。腰まで震えて、ちょっと気持ちいい感じじゃないの？」

「そうかな……そうかも……どうだろ……わかりません」

「気持ちいいんだよ、姫子ちゃん。キミはいま、感じてるんだ。アソコもヒクヒクしてるんじゃないの？」

念押しの言葉は姫子の心身を染めていく。ＳＮＯの暗示が浸透した脳と神経は刻々と熊谷に迎合していた。

内もものさらに上へと這い進めると、幼い声が妖しい響きをまとう。

「んっ、ふぅ、はぁ……アソコって、あの、つまり……」

「おま×こだね。熱くなってきたでしょ？」

「よく、わからないけど……あっ」

肥満中年の太い指が内ももから股間へと至り、ぐい、と押しこむ。タイツが幼い渓谷に食いこみ、かすかにねちゅっと水音を立てた。

「熱くなってるし、濡れてるね」

「え、おしっこ……？　やだぁ……」

姫子は顔を手で覆った。

「おしっこじゃないよ。女の子は性的に興奮したり気持ちよくなると、おま×こが濡れてくるんだ。習わなかったかな？」

「習った、かな……ごめんなさい、性教育はあんまり復習してないんです……なんだか、恥ずかしくて」

恥ずかしくないことだよ、という言葉を、熊谷は引っこめた。清楚な少女には恥じらいが必要である。その点は残したい。

「そうだね、恥ずかしいおつゆがたくさん出てるよ」

言いながら股間を指先で揉みほぐす。タイツと下着越しとはいえ、ひどく小さな割れ目であることはわかった。ぐちぐちと粘っこい感触は望外の喜びだ。

「や、あぁ、ごめんなさい、ごめんなさい……ぁんっ」

「恥ずかしい声まで出てきたね。姫子ちゃんはえっちの才能があるよ」

「うぅ、おじさん、ゆるして……」

許しを乞うた拍子に、じっとりと湿り気がタイツに染みてきた。

「ダメだよ、これぐらいじゃ許さない。みっちり特別指導しないとね」

「うぅ、ごめんなさい、あぅ、ううぅ……あんッ」

爪で布越しの秘裂を引っかくと、ひときわ大きく姫子の声が跳ねた。細腰も大きく震える。

カリカリと引っかきつづければ、大きな反応も継続する。大人未満の少女が熟女と大差なくよがっているのだ。

(贖罪意識と性感がだいぶ同調してきたかな)

交通事故の罪悪感はしっかりと彼女の心に刻まれている。暗示の効果はあれど、根が律儀で善良なのだろう。だからこそ贖罪の実感もなく許されるより、責められて謝るほうが性に合う。

「本当は姫子ちゃんがご奉仕しないといけないのに、ひとりでこんなに気持ちよくなっちゃって、姫子ちゃんは悪い子だなぁ」

言いながら、タイツと下着の縁をまとめてつかみ、下ろしていく。

「あ、あぁ……ごめんなさい、おじさん、ごめんなさい……！」

姫子はいまだに顔は手で覆っているが、行為を止めるより謝罪が優先らしい。

膝まで降ろして、ふと熊谷は気づく。

スカートの裾がかすかにめくれていた。両ももの地肌が垣間《かいま》見えて、その白さに視線が吸いこまれる。が、問題はその脚と脚のあいだ。

スカートの奥の股間と、白い下着の裏地のあいだに、糸が伸びている。

「マン汁が糸引いてるなぁ。もうセックスの準備万端かい？」

「あう……や、恥ずかしいです……」

「これからセックスするって体がわかってるんだよ。お父さんより年上の太ったおじさんと、おま×こでつながるんだ」

熊谷はタイツとパンツから姫子の片脚を抜いた。

軽く深呼吸し、興奮に乱れた息を整える。

ジャンパースカートをまくりあげた。

「やあ……！」

少女の股間周辺は細くて薄いなりにほんのり柔らかそうな肉づきだった。産毛《うぶげ》以外に体毛はない。加齢を感じさせる縮れ毛など一本もない。なめらかな皮膚がどこまでもつづき、中心部に一本の縦スジがある。

「おお……！　子どもの、おま×こ……！」

熊谷は感動的な場面をスマホでしっかり撮影した。

肉が押しあうようにみっちり閉じた、ちいちゃくて心細げな秘裂。

だれにも侵《おか》されたことのない少女の聖域だ。

「み、見ないで、ください……！」

姫子は右手を顔に置いたまま、左手で股間を隠そうとした。

すんでのところで熊谷が手首をつかんで押しあげる。

「隠しちゃダメだよ。観察と記録も特別指導員の仕事だからね」

「は、はい、そうですよね……指導だから、がんばらないと」

もともと大人に逆らうようなタイプではないのだろう。相手が贖罪対象ならなおのことである。

とはいえ脚のあいだに中年の腰が割りこんでくると、さすがに息を呑む。

そそり立つ剛直を見つめて、ツバを飲む。

「さあ、特別指導本番だ。濡れやすい悪いおま×こに折檻《せっかん》だ」

「うぅ……ごめん、なさい……」

謝罪した拍子に、閉じた淫裂からとろりとエキスが漏れた。

熊谷が男根でぺちぺちと秘処を叩くとエキスが糸を引く。その糸を絡《から》めるようにして全体を湿らせてから、突端を押し当てた。

「あっ……！　はッ、んぁ、入ってくる……！」

固く閉じているように見えた割れ目だが、軽く押しただけで脆《もろ》く崩れた。愛液でふやけたかのように、柔らかに割れて男を迎え入れる。

「よしよし、これなら入るぞ……大人と子どもでセックスできるぞ……！」

何十年と夢見てきた瞬間に熊谷はおかしくなりそうだった。

しかも相手はただの子どもではない。

極上の美少女であり、大金持ちのお嬢さまだ。

本来なら話しかけただけで罪に問われるかもしれない相手だ。

（でも、ＳＮＯがあればセックスできる……！　子どもで童貞卒業だ！）

力を入れて、さらに押しこむ。うまく膣口を捉えきれず、何度か表面を滑った。そのたびにちびっこい小陰唇や鞘に包まれた陰核をこする。

「んっ、あ、あっ……なんだか、これ、なんだか、すごくヘンです……！」

「気持ちいいでしょ？　体が大人のち×ぽほしがってるんだよ。ほら、ハメやすいように自分で脚を抱えて。特別指導だよ？」

「はい……んっ、あっ、あぁ……！」

姫子が膝裏を腕で引っかけて持ちあげると、ぬぽりと亀頭の先がはまった。脚の筋肉と皮膚に引っ張られて陰唇も開かれたのだろう。

「あ、は、入っちゃったぁ……！」

「まだだよ、まだ先っちょの先っちょだ」

「でも、もうキツい……！」

「平気だよ、ほら」

熊谷は予定どおりにスマートウォッチを見せる。脳内物質の分泌を操り、痛みを和らげる。昂揚と快感もともなうので一石二鳥だ。

「あ……ほんとだ……平気になってきました」

「じゃあほら、笑って、ピースして。楽しくパコパコしますって顔して」

「はい……ぴーす」

控えめなダブルピースで彩《いろど》られた笑顔をスマホで撮影。

ぐっと腰を進めた。

「あぐッ……！」

嚙みつくような狭さを強引に押し分けて、先端が溶けるほどの熱に包まれる。亀頭が丸ごと入ったが、止まることなく侵攻した。

「うっ、んあッ、キツいかも……！」

姫子は目を丸くしていた。痛みは和らいでも狭い穴を拡張される圧迫感はあるだろう。息が詰まる感覚は下腹の奥深くまで入りこみ――ぐち、と最奥に突き当たる。

少女の目の端に涙が浮かんだ。

「んんぅうっ……！　なんだか、深いとこきちゃったぁ……！」

「やったぁ……！　ち×ぽがぜんぶ入ったよ、姫子ちゃん……！」

「よ、よかった、です……」

未成熟な秘処に熊谷の逸物が根元まで入っていた。

流れ落ちるのは一筋の赤い液体。破瓜《はか》の血だ。大人と子どものサイズ差で割り拡げられているにしては少量と言っていい。

——女児のはじめてを奪った。

危険で甘い実感を赤い雫が視覚的に与えてくれる。

(この子の人生に俺を刻みこんでやった……！)

ペニスの感覚も至福だった。自慰時に握力をこめるタイプなので、生半可な締めつけでは快感を得られない。窮屈な女児穴は絶妙な圧迫感である。愛液のぬめりもあって、ハメ心地は抜群である。

「ちょっとずつ動いてくよ。絶対に姫子ちゃんも気持ちよくなれるから」

「は、はい……わかりまし、あっ、んッ……んッ！」

軽く腰をよじってみると姫子の口から切なげな声が漏れた。

ゆっくりと腰を前後させると、姫子のつま先が宙を蹴る。

「あっ、あー、あーっ……！　これ、あんっ、セックス、こういうの、はぁ、んんっ……？　あーッ、なんだか、ヘン……おかしいです……んッ、あーっ」

どこか気の抜けるような喘ぎ声は快楽に不慣れなためだろう。

表情は呆けたような戸惑っているような風情《ふぜい》。目がうっとり半開きかと思えば見開いたり、口も半開きから歯を食いしばるような反応まで。

もっとも素直に反応するのはつま先で、たびたび宙を蹴っていた。

ビクン、ビクン、と何度も蹴る。

そのたびに幼穴が悶えて肉茎を揉みこむ。

「おー、気持ちいい……！　子どもま×こ最高……！」

熊谷はよだれを垂らして感じ入った。体はさらなる快楽を求めて勝手に動く。

大人棒の長さを活かしてストロークは長く。テンポも徐々にあげていく。肌と肌がぶつかってパンパンと鳴る。

「んあッ、あんッ、あぁッ、あああぁ……！　ヘンです、すごくヘンっ、んんんッ、やっ、あああぁ……！　あぁんッ」

姫子の声も差し迫ってきて、より甘ったるい響きになる。メスの喘ぎだった。男に与えられる快楽に溺れて、自然と媚びる発声である。

SNOがあれば女児であろうとセックスに狂う。

愛らしい美少女を犯して、愉悦を分かちあい、咎《とが》められることもない。

「こう突くと反応がいいな？」

熊谷は腰を浮かせるようにして、上向き加減に突きあげた。

「あへっ」

滑稽なほど緩みきった嬌声はご令嬢にふさわしからざるものだ。繊細な造りの骨格が硬直したかと思えば、ぶるりと大きく震える。幼い襞肉がざわめき、濃厚な蜜を塗りつけるように絡みついてくる。案の定のリアクションに熊谷は昂《たかぶ》った。

「ほら、ほら、どうだ！　どうだどうだっ！」

「あひッ、んっ、はへッ、あへっ、んんッ、ヘンな声、やだぁあ……！」

恥じらいつつも声を抑えられない少女がいとおしい。

もっと突いた。

弱い部分を突いて突いてよがらせた。

「なあ、気持ちいいだろ？　おじさんのち×ぽで姫子ちゃんの子どもま×こ気持ちよくなってるんだろ？　ほら、答えなさい」

「あふッ、んへぇぇッ……！　わ、わからないです……！」

姫子は喜悦に呆けた顔で、「でも」と付け加えた。

「せっくす、好きかも……」

潤んだ目はまっすぐ熊谷の顔を見つめていた。

顎の前に構えられたスマートウォッチも視界に入っている。

──多幸感上昇値、最大。

暗示によって姫子は体のみならず心まで最高潮に達しようとしていた。セックスを幸せに感じるなら、交わる相手が愛しくなるはずだ。まるで白馬の王子様のように。それが性欲剝き出しの唾棄《だき》すべき変態男であるとしても。

「ねえ、姫子ちゃん」

熊谷は前のめりになり、姫子の手首をつかんだ。彼女の抱えた膝裏ごと上から押さえつければ、結合部が上を向く。

股に体重をかけ、ごりゅ、ごりゅ、と小さな子宮口を押し潰した。

「あおッ、ぉおおおッ……！」

姫子が獣の声をあげて痙攣しようと、上下ピストンで最奥を連打する。体格差のせいで虐待じみた迫力があった。ひと突きごとに令嬢の清楚さが剝がれ落ちていく。

「おひッ、おンッ、おへッ、へぉおおッ……！」

「好きな男子いるんでしょ？　なんて名前か教えてくれる？」

「と、富田《とみた》くっ、んんんんッ……！」

「富田くんとえっちしたい？」

どちゅん、どちゅん、と突き下ろしながら問う。

「わ、わかんない、です……！　でも……」

「でも？」

力強く突き潰す。幼い性感帯を大人げない暴力で蹂躙した。

「んっへぇえッ！　い、いま、富田くんのことは、いいです……！」

「富田くんなんかより、俺とのセックスがいいってこと？」

「セックスいいですっ、すっごく気持ちいいですぅ！」

堕ちた。

育ちのよさも恋心も、根本的な幼さも、すべて快楽で塗り潰した。

その事実に肌が粟立つほど昂る。海綿体が沸騰する。

「いい子だね、姫子ちゃん……！　セックスは自分から愉しんだほうがおま×この具合もよくなるからね！　いっぱい濡らしていっぱい絡みついて、気持ちよくおじさんにおま×こ使わせてね！　いっしょに気持ちよくなろう！」

「はい、なりますっ！　おじさんが気持ちよくなってくれるの、うれしいですっ……姫子のおま×こたくさん使ってくださいっ……！」

姫子は女の子の大事な部分をモノ扱いするセリフに違和感も覚えていない。それほどまでに興奮している。悦んでいるのが自分だけならここまで堕ちなかっただろう。贖罪すべき相手を悦ばせる名目があればこそ快楽に溺れていられる。根が律儀な少女であるがゆえの業だ。

「よおし、そろそろ出すぞッ！　子どもま×こに精子出るッ……！」

逸物はすっかり快感に痺れ、充血に腫れあがっていた。幼児体型を叩き潰すように全力で上下すれば加速度的に熱くなっていく。

「あへッ、はへっ、んぁあああッ！　おじさんっ、おじさんっ……！」

姫子は高らかに鳴きながら、小穴を締めつけて男根に奉仕していた。あるいは無意識に男を搾りとる女の本能か。

それが両者にとって最後の刺激となった。

「ううッ」

パンッとひときわ激しく熊谷の腰が叩きつけられた。ぜい肉まみれの中年体型と愛らしい幼児体型が密着し、ともに震えあがる。

爆《は》ぜるように射精がはじまった。

びゅうっ、びゅーッ、びゅうううぅーッ、と、尿道が裂ける勢いで飛び出す。押し拡げられた哀れな女児穴の最奥で、子宮口を狙い撃ちにするかたちだ。

「あぁあぁッ、あへッ、ぇあぁぁぁあーっ！」

少女は中年の子種を注がれて絶頂に達した。

肌が急速に赤みを増し、玉の汗が噴き出す。

いまだ子どもと呼ばざるをえない少女にとっては未曾有《みぞう》の快感である。目の焦点はあわず、開きっぱなしの口からはヨダレが垂れ落ちる。

「女児のアヘ顔……！　エロすぎる、すごい、すごすぎる……！」

熊谷は射精をつづけながら姫子のアクメ顔をスマホで撮った。記念すべき瞬間を記録したことに感動し、さらに吐精が勢いを増す。

「せっくす、せっくすぅ……！」

姫子はうわごとのようにくり返している。悦震えに身を揺らしながら。

ひとすじの黒髪が汗で頬に貼りついているのが、ひどく色っぽい。

胸もお尻もぺったんこの子どもとは思えない。

否。

ぺったんこの子どもだからこそ、淫に染まった姿に卑猥なギャップがある。

ぶぴゅり、と結合部から白濁があふれ出した。

「はへぇええっ……！」

それだけの刺激でも姫子は追加のオルガスムスに鳴く。

「も、もう一発……もう一発やるよ、姫子ちゃんっ」

「はい、おじさん……私も、ちょっと慣れてきたので……おひンッ」

射精が止まりきらないうちから熊谷は再起動した。

――もうあと戻りはできない。

心の奥底で良識のわずかな欠片《かけら》が嘆いていたかもしれない。

熊谷メモ1

水科姫子（五年生）

【容姿】身長148cm／体重38kg／艶やかな黒髪ストレートロング／目尻の切れあがった流麗な面立ち、上品な表情、華奢な細身など、小さな大和撫子《やまとなでしこ》の風格。

【性格】たおやかで清楚な深窓の令嬢。奉仕精神が強い。少々素直すぎる感あり。

【SNO】親の事故による俺への罪悪感を強めて、性奉仕＝贖罪と認識させる。さらに贖罪と性的興奮を結びつける。味覚に干渉し男性器を甘いと誤認させる。

【備考】クラスに片想いの相手がいるが問題なく気持ちを塗り潰せる見こみ。

第二章　幼性巨乳の恋愛錯誤

授業中の清楼学園は静謐《せいひつ》だった。

教師の話し声や回答する児童の声は聞こえてくる。

音楽の時間であれば歌声や楽器の音色も流れてくる。

授業を妨げるような声はない。みな真面目に勉強している。

「やっぱり私立校だと大なり小なり育ちがいいんだろうな」

熊谷は一年生の教室に我が物顔で踏みこんだ。

授業中の科目は国語。児童らが黒板の平仮名をノートに書き写している。進学から間もないだけあって、鉛筆を持つお手々が小石のように小さい。姫子とくらべても格段に小柄だ。

「さすがにコドモって感じの顔だな」

ほっぺたに丸みを帯びた面立《おもだ》ちは総じて可愛らしい。年齢特有の小動物のような微笑ましい造形である。そこから「可憐」と呼べる高水準の女児を選別する。

(教師のアンケートはあまりアテにならないからな)

高学年であればアンケートも参考になる。子どもから少女に変わりゆく年齢であれば、美醜の判断が収束しやすい。

だが低学年になるにつれて結果がばらけていった。守備範囲から外れすぎていて、顔立ちの良し悪《あ》しを意識する者が少ないのだろう。

その点、熊谷は違う。低学年に対しても一定の目利きができる。

女子の顔をひとりひとり覗きこんで審美した。

匂いも嗅ぐ。小さな頭に鼻面を寄せてミルクのように甘い匂いを鼻腔いっぱいに吸いこむ。子どもならではの細く柔らかな髪を撫でたりもする。

だれも熊谷の行為を咎《とが》めない。それが児童特別指導官の仕事だと認識している。用務員が土いじりをしても気にする者がいないのと同じことだ。

「SNOの効果はほんとうにすごいな」

支給用電子タブレットを使った洗脳は継続中。日課として全校生徒と教師がSNOの暗示を受けつづけている。継続的な刷りこみによって洗脳は深化し、本能レベルで疑うことができなくなる。

「そのうち教室でレイプしてあげるからね」

自分基準で八十点の女児に耳元でささやいておいた。

授業終了のチャイムが鳴った。

たちまち生徒たちは甲高《かんだか》い声で騒ぎだした。教室を走り出す者もいる。高学年にくらべるとさすがに落ち着きがない。

「わあっ」

女子がひとり横から走ってきて、熊谷にぶつかった。体重差がありすぎて、逆に吹っ飛ばされて尻餅をつく。

「だいじょうぶ？」

「うん、へいきです」

熊谷の差し伸べた手を取り、はにかみ笑いをする。

立ちあがった彼女の顔を見て、熊谷はほくそ笑む。

九十七点。

つぶらな目にぷにぷにほっぺ。鼻は小さめだが形はいい。端正な顔立ちにあどけなさのバランスもいい。おかっぱ気味のショートボブもよく似合っていた。

胸の名札を見て名前を確認する。

「小宮鈴《こみやすず》ちゃんだね」

「はい！　小宮鈴です！」

鈴は両手を真上にあげて背伸びしながら名乗った。熊谷の身長に追いつこうとしているようだが、指先すら顔に届かない。

なので、熊谷は脇の下をつかんで軽々と持ちあげ、同じ視線の高さにする。

「狭い場所で走ると危ないから気をつけてね」

「はい、ごめんなさい、熊谷さん」

反省してるのかしてないのか、鈴の笑顔はひまわりが咲いたように明るい。床から離れた脚をパタパタしているのは元気が有り余っているからだろう。

無邪気で無垢で素直で陽気。

こんな娘がほしい、と率直に思った。

「ねえ、鈴ちゃん」

熊谷は鈴を近くの机に座らせ、スマホを操作した。同期したスマートウォッチを鈴の目の前に突きつけて暗示をかける。

「これからおじさんのことをパパって呼んでみようか」

「ぱぱ？　熊谷さんは鈴のお父さんじゃないよ？」

「じきにお父さんになることに決まったんだ。国が決めたんだよ。だから、いまからパパって呼んで練習していこう」

鈴は不思議そうに小首をかしげるが、暗示画面を見つづけてにぱっと笑う。

「んー、わかった！　これからパパって呼ぶ！」

「これからよろしくね、鈴ちゃん。じゃあ、さっそくパパといいことしようか」

「いいこと？」

「パパとパコパコするんだよ」

熊谷は鈴を抱きあげた。細くて薄かった姫子とくらべてもさらに小さな、オモチャじみた抱き心地だ。体臭も甘くてたまらない。

これからこの幼い体を穢すのだと思うと股間がたぎった。


児童特別指導室。

空き教室を利用して作った熊谷専用の部屋だ。

室内には熊谷の私物が運びこまれている。ベッドと冷蔵庫、テレビにデスクトップＰＣ、本棚などなど。すでに一週間ほど新たな住処《すみか》として寝泊まりしている。

女児を連れこんでイタズラするための部屋でもある。

低学年の生徒を連れてきたのは今日がはじめてだ。

「パパ、おっきー、クマさんみたい」

ベッドにあぐらをかいた熊谷の膝に対面で鈴が座っている。身長体重の格差もあり、出っ張った腹肉にしがみつくような体勢だった。

(ちっちゃい……ハメたい……!)

たやすく抱き潰せる体格差そのものに熊谷は興奮していた。つまみ食いをした姫子をはじめ高学年の生徒はまさに甘露。すこし慣らせば深い挿入もできた。

だが、数カ月前まで未就学であった年齢はどうか。

「ハメちゃうよ、鈴ちゃん」

ミニマムな体をベッドに押さえつける。

鈴は子猫のように小首をかしげた。

「なにをはめるの?」

「気持ちいいものをハメハメしちゃうんだよ」

「ハメハメ? あははっ、はめはめはー、はめはめはーっ」

音を響きだけで楽しげに歌いだす。子どもらしい無軌道さだった。

彼女が笑っているうちにスカートをまくりあげる。穿いているのは布地の大きな白の綿パンツ。お腹が冷えないように子を気遣う親の愛情だった。

その愛情を、熊谷は力づくで引きずり下ろす。

「わー、パンツぬがした。えっちー！」

咎めながらも笑っている。怖がってはいない。パパを信頼するよう暗示をかけられているからだ。

「さすが一桁女児ま×こはヤバいぐらい小さいな」

さらけ出された女陰は当然ながら無毛。産毛《うぶげ》以外になにもないふっくらスジ大福は、姫子らよりも格段に小さい。割れ目だけでも指先で覆い隠せるサイズだ。

そこに遠慮なく亀頭を押しつける。

カウパー汁がねちゅりと音を立てた。興奮のあまり先走りがたっぷり漏れていた。

「パパのち×ちん、でっかい」

鈴は目を丸くして逸物に見入っている。

「このでっかいち×ぽを鈴ちゃんのピカピカ一年生ま×こにハメるんだよ」

「えー、ムリだよぉ。入らないよー？」

嫌悪ではなく、純粋に不可能だとしか思っていない顔。どこまでも無知で、無垢で、ただの子どもだった。大人が守るべき純粋な存在。

穢したい。

思ったときには腰を押し出していた。

柔スジがわずかに割れて、綺麗なピンク色に赤黒い亀頭が密着する。

「絶対に挿入する……！　入れ、入れッ」

すこしペニスを動かせばツルツルと滑ってしまう。腺液が割れ目ばかりか周囲の皮膚までねっとりと汚した。

「んー、ムリだと思う。んんー、パパのち×ちんでっかすぎだし……」

鈴の柔らかほっぺがほのかに赤い。心なしか呼吸もすこし速くなっていた。

性感そのものは子どもにも存在する。幼女が意図せず股をなにかにこすりつけるのは子育てにおいてよくある風景だ。さらに性感神経が敏感になるよう日課のSNO暗示でホルモンバランスを調整している。秘処の柔軟性が増すようにも調整しているはずだが——それでも、肉体の拡張性には限度があるのだろう。

「入らない、か」

「はいらないねー、あはは」

熊谷は落胆しつつも諦めない。

「もっと時間をかけてほぐしていこう」

まわりを見まわし、ちょうどいいものを胸ポケットに見つけた。

ボールペンだ。

「これで毎日おま×こトレーニングしてみようか」


児童特別指導室を出ると、中学年ほどの男子生徒に出くわした。

名札を見ると、初等部三年の小宮鐘一《しょういち》。

「すいません、小宮鈴はいますか」

しっかりした口調で姿勢のいい少年だった。

「お兄さんかな？　鈴ちゃんは、ほら、ここにいるよ」

「おにいちゃん？　どうしたの？」

「おまえのお弁当、おれの鞄に入ってたから」

「わ、ありがと」

兄から弁当箱を受け取り、鈴はにっこり笑った。

兄妹仲も悪くなさそうで微笑ましい。

だが熊谷の意識は鐘一の背後に吸いこまれた。

そこに立っているのは、まるでガラス細工の人形だった。

透き通るように白い肌の少女である。

まつ毛は長く、瞳の色は南国の海のようなエメラルドブルー。鼻は小さいながらも筋が通っていて、顔全体の印象を端麗にまとめあげている。左右でくくった長い髪は亜麻《あま》色。ゆるく波打つ様は風になびく麦畑のよう。

日本人離れした容姿は北欧系の母から受け継いだものだろう。

「三年の堤《つつみ》エルナちゃんだね」

「はい」

返事の声は小さく、表情もあまり変わらないのが、なおのこと人形じみている。それが神秘的な印象になる特級の美少女だ。

「わあ、エルナおねえちゃんだー!」

鈴が抱きついて顔を埋《うず》める。顔が埋もれるだけの柔らかみが、エルナの胸にはあった。年齢不相応な育ち方をした乳房である。

(アンケート三年の部ダントツ一位の堤エルナ……)

生で見るのははじめてだが、写真より数段上の美貌だった。

日本風の美少女であった姫子や、幼さゆえの美点を最高品質で身につけた鈴とも違う、北欧系の巨乳ロリータ美少女。

「エルナちゃんは鈴ちゃんと仲がいいの？」

「はい……家が隣で」

「三人でよく遊ぶよ！　おねえちゃん、ゲームが上手《じょうず》なの！」

「おれのほうが上手《うま》いです」

「そうかぁ、みんな仲がいいんだね」

熊谷は笑顔で目ざとく、エルナが鐘一の服の裾をつまんでいることに気づいた。よほど親密であるらしい。

「エルナちゃん、いまから特別指導していい？」

北欧美少女はすぐには答えず、ちらりと鐘一の顔を見た。

なるほど、と熊谷は得心する。

スマートウォッチをエルナに突きつけて暗示を強める。熊谷の命令を聞きたくなるような気分にさせるものだ。

「……はい」

「よし、おいで。小宮くんは教室に戻りなさい。鈴ちゃん、これからは毎日トレーニングしてお股の準備しようね」

「はーい」

小宮兄妹が立ち去るのを、エルナはじっと見つめていた。

熊谷がすこし手を引くと、とくに抵抗もなく指導室に入ってくる。なすがまま意思表示もせず、ベッドに腰を下ろす。

「緊張してる？」

こく、とエルナがうなずく。

「声が出なくなっちゃったね。人見知りするタイプなのかな。小宮くんといっしょじゃないとうまくしゃべれない？」

今度は首肯《しゅこう》もない。目を伏して視線をあわせず、ごく慎ましい声で「ぅ」と漏らす。そうとう内気な反応である。

教師たちによるとエルナは今年からの転校生だという。急速に育った胸のことでクラスメイトから心ない言葉を受け、傷心で転校したのだとか。それまでは引っこみ思案ながら会話できる程度に口数があったらしい。

「安心していいよ。おじさんはコワイひとじゃないから」

言いながらスマートウォッチを見せる。出力するのは安心感を与える音波と図形パターン。エルナの肩からほんのすこし力が抜けた。

(それにしても効果が薄いな)

ＳＮＯの効果には個人差がある。万人に対して警戒心を抱いているエルナはとくに効き目が薄いタイプなのだろう。

だからと言って逃す手はない。

極上の美少女であり、希少な巨乳ロリータだ。

大人の巨乳には興味ないが、子どもの巨乳であれば話は別だ。

「エルナちゃんは鐘一くんのこと好き？」

ぴくりとエルナの狭い肩が震えた。

「……わかんない」

消え入りそうな声。頬を赤らめて照れているようでもない。

おそらく本当にわからないのだろう。自分の感情がどういうものであるのか無自覚なお年ごろである。

「鐘一くんと恋人同士になりたいとか考えない？」

「え……」

動揺に碧い目が泳ぐ。

「恋人がほしいって思ったことない？」

エルナは黙りこんで答えない。

熊谷はスマートウォッチでまた暗示を刻む。答えたら気が楽になる、と。

「恋人、ほしくない？」

「いたら、ステキかなって……思ったこと、ある」

たどたどしい言葉が微笑ましい。恋愛への憧れはあるが、それと鐘一への感情が結びついていない。子どもらしい恋愛観だ。

「でもね、エルナちゃん」

SNOの出力最大。

暗示。刷りこみ。

――目の前の男性があなたの恋人です。

となりに座り、肩を抱き寄せてささやく。

「エルナちゃんはもうとっくに俺の恋人じゃないか」

親子ほどの年齢差である。エルナは熊谷の四分の一も生きていない。

そんな女の子と恋人同士――なんておぞましいのだろう。なんて穢らわしいのだろう。社会にも両親にも顔向けできない、犯罪的な人間関係。

だからこそ興奮する。

「デートもたくさんして、たくさんドキドキしただろう？」

偽りの言葉で記憶を捏造していく。ＳＮＯの暗示があれば可能なことだ。姫子やほかの女児にＳＮＯを使うことで洗脳の仕方に慣れてきた。どのように脳内物質を分泌させれば恋愛感情を呼び起こせるかも把握している。

「ね、忘れてないよね、ふたりでドライブ行ったこととか」

「あ、あ……した、デート……おじさんと、ドライブ、デート……」

エルナは半開きで物憂げだったまぶたを全開していた。きっと見えないものが見えているはずだ。彼女の脳が偽造記憶を再生し、感情を改変している。

「エルナちゃんは俺のことが大好きな、俺だけの大切な恋人だよ。だから、ほら。いつもみたいにダーリンって呼んでみようか」

すこし悪乗りをしてみた。

「……だーりん」

エルナは日本育ちのたどたどしい発音で言った。表情はまるで変わらない。小さい子どもには珍しいことでもないが、感情表現が苦手なのだろう。もちろんなにも感じていないわけでもない。シジミ貝のような耳がほんのり赤らんでいる。

「ダーリン好きって言ってみて」

「……やだ」

「恥ずかしい？」

こくり、と無言でうなずくエルナが可愛らしい。

「俺はエルナちゃんが好きだよ」

熊谷は亜麻色の髪にキスをした。シャンプーの匂いが鼻をくすぐる。

つづけて耳を唇でなぞると、エルナはくすぐったそうに身震いをした。

そしてほっぺに口をつける。しっかりと唇をつけ、吸う。スベスベもちもちの幼い肌にしっかりとキスマークをつけた。

「ん……やぁ」

エルナは身をよじって嫌がっている。が、頬が赤らみ、細い眉もほんのり緩んでいた。嫌がるどころかうれしげな反応だ。

「もっとちゅーしよう、ほらちゅー、ちゅっ、ちゅっ」

「ん、ん、んん……だーりん、ちゅーしすぎ」

抱きよせてほっぺキスを連打すると、ますますエルナは身をよじった。その際、熊谷の腕に柔らかなものが当たる。

可愛らしい制服を押しあげる女の象徴。

熊谷は手を乗せて揉んでみた。

「あ……」

エルナはとっさに胸を手で覆おうとした。

「好きだよ、エルナちゃん。大きいおっぱいも大好きだ」

好意の言葉と頬へのキスで、防御の手は力なく落ちていった。

これで遠慮なく揉める。ＳＮＯによって特別指導員への抵抗心をなくし、恋愛関係まで偽装して、ようやく手に入れたチャンスだ。

「おお、女児おっぱい合法モミモミ……！」

熊谷は夢中になって揉んだ。

年齢的には珍しいサイズだが、土台が二桁年齢手前の幼児体型。膨らんでいてもなお小さい。大人の手の中で消え入りそうな慎ましさである。揉もうとすると、指でつまむような動きになってしまう。

それでも手が沈むほど柔らかく、指先を押し返す弾力もあった。

「ん、ん、や、やぁ、ん、だーりん、いじわる……」

小さな声はかすれ気味だった。ふだんからあまり声をあげないので、未成熟な声帯がなおのこと弱いのだろう。それが妙に幼さを際立たせている。発育のいい胸とのギャップが熊谷を熱くする。

「そろそろ恋人同士のキスをしようか」

「恋人どうし……？」

「お口でするキスだよ」

「はずかしい……」

「エルナちゃんも好きなひととキスしたいって言ってただろ？」

「うん……言った……」

スマートウォッチの暗示でそう思いこませる。

「俺のこと好きだろう？」

さらに上乗せで暗示。

「うん……すき……」

「ならキスしたいに決まってるよね」

さらにさらに、暗示。柔い顎を優しくつかみ、上を向かせた。

「……うん、だーりんとキスしたい」

目がとろんとしていく。虚《うつ》ろと見るか恍惚と見るかは微妙なところだ。どちらにしろ人形めいた美少女にはよく似合う。

「じゃ、するよ、キス」

「ん……」

エルナは目を閉じて口を突き出した。窄まった唇はサクランボのようにやんわり膨らみ、物欲しげに艶めいている。

いただきます、と熊谷は内心で唱えて、唇を重ねた。

ただ唇と唇をふにふにと押しつけるだけ。子ども知識にあわせたお遊戯のキス。姫子たちと交わした淫猥なベーゼとはくらべものにならないソフトな接吻。

だが、熊谷は意外なほどに胸の高鳴りを感じていた。

昔から女性と無縁だった男にとって、それは青春時代の再来である。

甘酸っぱい恋の味がするキスだった。

「……ん」

口を離すと、エルナはうつむき気味になる。眉がほんのり八の字で、頬がリンゴのように赤い。色素が薄いので血色が露骨すぎるほど出るのだろう。

なんとも可愛らしい少女だ。

「もっとキスしよ。恋人同士でいっぱい愛しあおう」

「ん……ん、んぅ」

何度も唇を重ねた。子どものキスをくり返すたび、失われていた青春時代を取り戻している気分を味わった。

相手が成人女性であれば微笑ましい光景だったかもしれない。

しかし相手は義務教育まっさかりの女児。おぞましくも凌辱的な絵面《えづら》だった。

それに中年男の欲望がお遊戯のキスで満足していられるはずもない。

手の中の小さな肩に欲情し、甘い子どもの匂いに発奮していく。

「もっとすごいキスしようか、エルナちゃん」

「すごい、キス……？」

「口を開けて舌を出して、ほらあーん」

ダメ押しの暗示は必要ない。エルナはぼんやりした顔で口を開き、舌を出した。

「もっと大きく、舌をべろーって」

「えぉお……」

面立ちが卑しく崩れるほどの開口、舌出し。妖精のように神秘的な少女だが、とたんに普通の子どものような稚気があふれる。ロリータコンプレックスの男から見れば、たまらなく淫らな表情だった。

「大人は舌をベロベロなめあうキスをするんだよ、こういうふうに」

熊谷も大きく舌を出した。子どもとは段違いに大きな粘膜を押し出し、先端でエルナの舌を突っつく。

「えぅ……えぉ、れろ、れろ……」

エルナは言われたとおり舌を使った。たどたどしく上下するだけの単調な動き。そのぶん熊谷が縦横無尽に動く。

円を描いて少女の舌全体をなめる。

舌を吸って水音を立て、幼い唾液を味わう。

口腔内をなめまわしてもてあそぶ。

「んえっ、えぷっ、れうっ、れろ、ぺろっ、べろぉ……」

つられてエルナの舌も大胆に動きだす。拙《つたな》くはあるが相手を真似るように円を描き、熊谷の舌を吸い、口腔をなめまわす。

自然とふたりの唇は深く重なり、たがいの体を抱きあった。

「あう、んちゅっ、ちゅるッ、んぅう……！　これ、キス、なの……？」

「ドキドキして体が熱くなっちゃうでしょ？」

スマートウォッチから洗脳用の音波を発信。エルナの未熟な性感神経を励起しながら、彼女の胸に触れた。

「はっ……んぅ……ぁう、ちゅっ、ちゅくっ……」

ゆっくりと服の上からさすると、エルナは恥ずかしげに縮こまる。

熊谷の手は動きつづけた。

ゆっくりと力をこめて揉みあげる。軽く揉んでいるうちは柔らかだが、強めに揉むほど弾力が増していく。性知識もない子どもの本能的な警戒心を表しているようで、なおのこと興奮した。

「ねえ、エルナちゃん……おっぱいにキスしたい」

「えぇ……おっぱいに……？」

「うん、たくさんちゅーちゅーしたい」

「だーりん、赤ちゃんみたい……」

くす、とごくささやかな笑い声が聞こえたかもしれない。

「じゃあ……脱ぐね」

エルナは自発的にジャンパースカートを脱いだ。キスをするときより恥ずかしくなさそうなのは年齢ゆえか。裸の持つ意味を理解していないのだろう。

ジャンパースカートの次は白ブラウス。

残されたのはキャミソールとパンツ、そしてくるぶし丈のソックス。すべてフリルで彩《いろど》られた可愛らしいものだ。

「……はい、どうぞ」

キャミソールがまくりあげられ、幼胸が露《あらわ》になった。

白い肌がお椀形に膨らみ、先には薄桃色の粒がある。可愛らしいのに恐ろしくいやらしい。初潮も迎えていない童女に紛れもなくおっぱいがついているのだ。子どもを育てるための器官であり、セックスのあとを見据えた性徴である。

「キスするよ、エルナちゃん」

「ん……いいよ」

熊谷は乳首にしゃぶりついた。

脂ぎった唇を窄めて、ちゅうっと小粒の乳首を吸う。

「あっ……ピリッてした……」

小三の性的反応に気をよくして、さらに幼乳を貪《むさぼ》った。

舌でこすって味わう。汗の塩気とミルクのような甘い匂いが口に広がる。脳まで甘くなって酩酊《めいてい》してしまう。ちゅっちゅと吸うたびにエルナの体が小さく震えるのもたまらない。

「んっ、んっ、んぅ……あう、ふう、ふう」

「感度がいいんだね。気持ちいいのかい？」

「わかんない……変な声、出る……」

「もっと出していこうか。気持ちいいときに声を出すのは健康にいいんだよ」

言って、またしゃぶる。

そして手で他方の乳房を揉み、親指の腹で乳首をこすった。

「あ、ぁ、あっ、あんっ、あっ……あひッ！」

抑揚すくなげで単調な喘ぎ声が、跳ねた。熊谷が勢いあまって爪で乳首を引っかいてしまったタイミングである。

「もしかして強くしたほうが気持ちいい？」

爪で小さな乳首を潰しながら、歯で甘噛みしてみた。

エルナは腰から震えあがり、顔を一気に赤らめる。

「あっ！　あぁ……あううぅっ……！」

「もしかしてイッちゃった？」

「どこに……？」

「なにも考えられないぐらい気持ちいいのが体いっぱいに広がることだよ」

「……わかんない」

あまりにも子どもすぎるため、いまだに快感を理解できていない。

体が反応すれば熊谷としては充分である。

「さっきのと同じ感じになったら、ちゃんとイクって言うんだよ。イクほどじゃなくても、気持ちいいときは気持ちいいって言ってね」

「ん……わかった、言う」

引っ込み思案なだけで、懐《なつ》いたら素直な少女だった。

熊谷は口で乳首を吸い、片手で引っかきながら、もう一方の手をエルナの股に寄せた。パンツの真ん中を指先でなぞる。

「あ……んぅ……ピリピリ……」

「なんて言うんだった？」

「……きもちいい？」

「そう、えらいね。もっと気持ちよくしてあげるよ」

三点責めを継続して、エルナの悦声を引き出していく。とくに心血を注いだのは秘処をほぐすことだ。胸と違って年齢相応にこぢんまりして、とうてい男性器が入るとは思えない。

（でも、入れたい……絶対に入れよう）

先ほど鈴に挿入できず、欲求不満が募っていた。おまけに眼前にいるのは北欧系巨乳ロリータ極上のメスだ。耐えられるはずがない。

「そうだ、俺が触ってるあいだこれ見ててくれ」

熊谷はスマホをエルナに渡した。

感度上昇、痛覚の鈍化、筋肉の弛緩による局部の柔軟化、などなど処女ハメ用の肉体暗示セットを起動しておいた。

「あっ……あ、ん？　んん、んー……ふっ、あっ、きもち、いいっ……！」

さらにエルナの反応が大きくなる。布越しの陰部もしっとりしてきた。

熊谷はパンツを脱がして、直接割れ目をいじることにした。

「ん……そこ、はずかし……ひんっ」

「恥ずかしいよねぇ。でも恥ずかしいほうが興奮して気持ちよくなるんだよ？」

指で軽くつつく。雪色の肌が押しあってみっちり閉じているが、軽い圧迫でほろりと崩れた。内側の鮮烈な桃色をのぞかせ、粘っこい汁を垂らす。

「よしよし、ちゃんとマン汁が出てるな」

「まんじる……」

「ち×ぽ入れやすくするためのおつゆだよ。いっぱい出していっぱい気持ちよくなろうね、エルナちゃん」

あらためて指を沈めていく。熱い。狭い。まだ穴に入ってはいないが、大陰唇の内側がひどく狭い。必然、膣口も針が入るかわからないほどのサイズだ。

それでも鈴に比べればいくらか大きい。

肉体暗示の筋弛緩が効いて、ゆっくりとだが小指が入っていく。

「あぅ……はっ、んっ、きつ、いぃ……！」

「まだまだだよ……！　女児ま×こほぐして柔らかくして、俺のち×ぽにぴったりの生ハメ穴にしてあげるからね……！」

あえて下品な物言いで自分を高めた。ペニスが爆発しそうなほど張りつめているが、必死に堪《こら》えて原動力にする。

はじめての一桁年齢挿入を果たすべく、執拗に小穴をいじった。

いじるうちに、ぬぷと小指が入った。

「あっ、おっ、はう、うぅ……！　ひろがってる……！」

一度先端が入ると、存外たやすく深みにはまっていく。

「ほう、なるほど。エルナちゃんのおま×こは中が柔らかいんだね」

膣内も狭いには狭いが、肉質が柔らかくて動きやすい。胸と同じく肉つきがいいのだろう。指をねじりながら出し入れすると、たぽ、たぽ、と愛液があふれる。思った以上に感度があがっていた。

「ぁあ……きもちいい、きもちぃぃ、きもち、いいぃ……んあッ、ああぁ……」

エルナは恍惚として、みずから腰を押し出していた。大人の快楽に侵されながら、胸と違って二次性徴と無縁の幼い骨盤を強調する仕草である。

「いいよぉ、エルナちゃん。犯したくてたまらないよぉ」

熊谷は竿棒を子ども特有の細脚にこすりつけた。

指を小指から人差し指に入れ替える。窮屈さは増したが充分に入った。深く入れてみると指先がコリコリしたものに引っかかった。子宮口だ。

「はっ、うぅ……！　そこ、はぅう……！」

「気持ちいいんだね？」

「い、いい、かも……あんッ、んんッ……！」

つづいて人差し指から、親指へ。

「んぐッ……！」

エルナはすこし苦しげだが、それでも挿入できた。

円を描いて幼肉をほぐす。

何度も乳首を吸い、ときにはほかの部位にもキスマークをつけながら。白皙《はくせき》の幼膚に赤い跡がつくたび、エルナの小穴が拡がっていく感があった。

「あーっ、あー、あーっ……！　あっ、おふッ、おっきくなっちゃうぅ……！」

「ああ、そろそろ大人ち×ぽハメるための特別な子ども穴になったかもね」

余裕ぶって言いながら、熊谷は内心で驚嘆していた。

SNOが肉体に影響を及ぼすことはマニュアルでわかっていた。だがここまでの即効性は想定外である。あるいは幼子だからこその順応性か。

「そろそろセックスしようか、エルナ」

呼び捨てにし、口にキスをした。もちろん舌を入れて女児の唾液を味わう。

「んっ、ちゅっ、ぢゅるる……はふ……セックス……？」

「恋人同士でする大好きの証《あかし》だよ」

親指を抜くと、ぴゅるっと勢いよく愛液が飛び出した。

「あっ、ぅう……だいすき？」

エルナは愛しげな様子で熊谷を見つめている。先刻まで想っていたであろう幼馴染みのことなど頭の片隅にも残っていまい。

「愛してるよ、エルナ」

「……えへ。だーりん、すき」

子どもっぽいはにかみ笑い。熊谷がはじめて見るエルナの笑顔だった。

熱情が股間に充ち満ちて爆《は》ぜそうになる。

熊谷はエルナの股に自分の股を寄せた。まずは正常位。思いきり脚を開けさせ、濡れそぼった幼壺に男根を押し当てる。

「入れッ……！」

一息つくこともせずに逸物をねじこんでいく。

ネジ穴に麺棒を押しこむような、サイズ違いの蛮行だった。

「うっ、あぐッ、んんんッ……！」

エルナは眉間に皺を寄せて歯を食いしばった。苦痛の表情ではない。ただ圧迫感の大きさに警戒しているだけだ。

その証拠に膣口はみるみる拡がり、ぐぽんっ！　と、存外にたやすく大人の亀頭を呑みこんでしまった。

「おっ、おおぉ……！　やったぁ……！　一桁の子どもとセックスしたぁ！」

感動と快感に熊谷の全身が震える。

はじめて姫子に挿入したときも、ランドセル年齢と交わった感動に打ち震えた。今回はそのときに負けず劣らず新鮮な悦びである。ただの一桁少女でなく天使のような北欧ハーフだからなおのことだ。

「うぅ、んん、おっきい……こわい……」

「だいじょうぶ、恐がらなくていい。女の子の穴ぽこは大人のち×ぽハメて気持ちよくなるために空いてるんだからね。ほら、ぐぽぐぽ気持ちいいぞぉ？」

熊谷は亀頭を入り口で出し入れした。敏感なカリ首がとりわけ狭い膣口を行き来すると、痺れるほど激しく喜悦が走る。

「うっ、ううっ、うーっ、うぅーッ、あぅッ、うーッ」

少女は苦鳴を漏らし、目に涙を溜めながら、腰をしきりに弾ませていた。快感に対するごく自然な反応だ。大人の女であれば普通のことだが、なにせ年端もいかない童女。愛らしくも背徳的で、ますます熊谷は昂ってしまう。

「初ハメでそんなに気持ちよくなっちゃうんだ？」

エルナの腋を抱えあげ、股の上に乗せる。対面座位。

彼女の体重がすべて結合部にかかり、挿入が深くなっていく。

「あっ、んんんぅううッ……！　奥、やだ、あっ、んっ」

「女児ま×この隅々まで俺のものにするよ」

熊谷は薄い背を抱きしめた。胸板で幼乳を押し潰して柔らかみを堪能しつつ、深みへと挿入していく。いや、最奥をぐりぐりと圧迫する。亀頭の下わずか数センチまで入ったところで幼穴は限界だった。

密着して子どもの甘い匂いを嗅いでいると、止まらなくなる。

もっと深みまでおのれのものにしたい。

(姫子たちも慣らせば根元まで入ったんだ)

本来は赤子が通る道であれば、ペニスの一本ぐらい入ってしかるべきだ。

マッサージのように最奥を亀頭でこねまわす。幼い腹を押し拡げる動きだ。小粒の子宮口も刺激することになり、エルナの声が甘みを増していく。

「はふ、あう、あんっ、あぁぁあ……なんか、すっごい熱い……」

声から苦しげな響きが薄れていた。切なげに、恍惚と、性感に溺れゆく声である。初等教育の真ん中に差しかかったばかりのお子さまの喘ぎ声だ。

「最高にエロ可愛い声だぞ、エルナ。いい子だ……！」

熊谷は額や頬にご褒美のキスを何発もくれてやった。

「んっ、あっ、はぁ……ちゅっ、ちゅっ、れろれろっ、ちゅくッ」

エルナもキスに応じてくれた。中年の脂ぎった顔に無垢な唇をつけ、舌を絡め、唾液を混ぜあわせる。すると肉穴の潤いが一気に増した。口腔粘膜の湿潤と同期したかのように。

熊谷にとっても昂揚感はうなぎ登りだ。

親子のように年の離れた子どもとの愛情キスと脱法生交尾。

本来は違法行為でも、ＳＮＯの力があれば気兼ねなく満喫できる。罪悪感や背徳感は行為を盛りあげるカンフル剤でしかない。

「ガマン汁めちゃくちゃ出てきたッ……！　エルナのま×こに塗りつけてやるぞ、そらそらッ、マン汁とガマン汁まぜまぜするんだッ！」

「あっ、あーッ、だーりんっ、すごいっ、きもちいいかもっ、すごいかもっ、ちゅっ、むちゅっ、べろべろっ、ちゅううぅッ……あっ、ひうっ、ぁああーっ」

辛抱たまらなくなった激しい突きあげに、エルナは幼乳を揺らしてよがった。粘っこいキスで彼女もそうとう昂ったらしい。

親子のハグのように抱きしめあいながら、獣の交尾のように腰をぶつけあう。

ぱちゅん、ぱちゅん、と派手な水音が鳴り響く。

ペニスはまだ三割ほど入りきらない。だからこそ腰と腰がぶつかって挿入が止まることなく、膣奥を容赦なく窪《くぼ》ませている感があった。

「すっごい、きもちいいっ」

ＳＮＯの暗示も浸透してきたのか、エルナは愉悦を高らかに謳《うた》った。いままで熊谷が聞いてきた中で、一番大きな声だった。

「愛しあってるからこんなに気持ちいいんだぞ、エルナ！」

「ん、うれしい……すき、だーりんすきっ、いっぱいきもちよくして、おま×こきもちよくしてっ、だーりん、だーりんっ……！」

さらにエルナは愛しげにキスをくり返した。

熊谷は幼い舌を吸いながら、深い歓喜に打ち震える。

（女の子に好きって言われるのは、こんなに幸せなことだったのか……！）

未知の悦びだった。恋人など一度もいなかった独身男である。たとえ洗脳暗示による紛《まが》い物でも、いまこの瞬間が至福であることに違いはない。

狂ったように突きあげた。

執拗に口づけした。

小学生の初恋をめちゃくちゃに踏みにじりながら、愛情を貪った。

じきにエルナの全身がほんわり赤みを帯びていく。

「だーりん、なんかくるっ……さっきの、イクやつ、もっとすごい感じで、あへっ、くるっ、くるくるっ、だーりんこわいっ、イッちゃうッ……！」

幼穴も激しくうねって限界を迎えようとしていた。

「恐くないよ、俺もいっしょにイクから！　エルナちゃんの開通したて一桁女児ま×こにラブラブザーメンいっぱい注いであげるから！」

「らぶらぶ、ざーめん……？　んっ、あぅうッ、おへッ、ぁあああッ！」

熊谷が最後の力をこめて突きあげると、エルナは無意識に狭い骨盤をよじる。摩擦が強まり、快感が圧縮され、意識がすべて白く染まっていく。

ふたりの性感神経は同時に弾けた。

「はへぇええええッ！　だーりんっ、イクっ、だーりんんんッ……！」

「おぉおッ、小三の恋人に濃いの出るッ、中出しぃッ！」

狂おしく痙攣する小壺に、ヨーグルトのように濃い白濁が放たれた。

子宮口に叩きつけられるたび、エルナは絶頂の追撃に白目を剥いて舌を垂らす。お人形さんのような相貌が台無しのアヘ顔だ。

「へっ、へおッ、あへぇええっ……！　イッてるっ、だーりんっ、これイッてるのぉ……？　イッちゃってるのぉ……んへあっ」

「ああ、ふたりでイッちゃったよ、エルナ。あー、その顔エロすぎ。かわいいッ、愛してるぞエルナッ！」

熊谷は乱れ崩れた幼顔をなめまわした。汗、涙、よだれ、鼻水、すべてを甘く感じる。子どもの味だ。口のなかが幸せだった。

エルナはなすがままだが、震える舌を伸ばしてキスを求める。中年の唾液で顔を臭くされているのに、なお熊谷の愛情を欲していた。

「エルナは世界で一番かわいい俺の恋人だ」

「……うれしい」

ふたりはまたキスをして、愛あるセックスを再開するのだった。


三発ほど中出しするとエルナは失神した。

細脚を開きっぱなしにして、逆流する精液でベッドシーツを汚す。

熊谷は幼乳を無造作に揉みながら、亜麻色の髪でペニスの汚れを拭いた。

「思ったより深く挿入できたな」

あと一歩で根元までは入らなかったが、当初の硬さを考えれば上々の結果だ。SNOの作用は間接的とはいえ肉体にもかなりの影響を与えるらしい。

「どこまで肉体を変化させられるかいろいろ試してみようか」

熊谷はノートパソコンを開いた。
ＳＮＯ用の暗示パターン調整ソフトを起動する。
幼い少女たちを味わいつくすために、やりたいことはいくらでもあった。

熊谷メモ２

小宮鈴（一年生）

【容姿】身長112cm／体重19kg／黒髪ショートボブ／つぶらな目にぷにぷにほっぺの、美少女とも違う「美幼女」／お腹ぽっこりのイカ腹幼児体型。

【性格】無邪気で元気で人なつっこい普通の女の子。大人に甘えるのが好きでスキンシップ多め。娘にしたくなる理想的なちびっこ。

【SNO】全生徒共通の俺への好意と恭順《きょうじゅん》に基づき、パパと呼ばせる。

【備考】現段階では挿入不可能。ホルモン調整と膣トレによる肉体改造が必須。

堤エルナ（三年生）

【容姿】身長129cm／体重28kg／亜麻色髪のツインテールに碧眼／透き通るような白い肌／人形のように端正な顔に対して年齢不相応に肉づいた乳房が際立つ。

【性格】意志薄弱で表情に乏しいぼんやり天然系。

【SNO】俺を恋人と誤認させる。ラブラブカップルである。今後は大人の男根を根元まで挿入できるよう肉体改造を試みる。

【備考】恋愛未満の気になる幼馴染みがいたが塗り潰してやった。

第三章　ミニマム女児を自宅訪問姦

熊谷の朝は大量の発汗をともなう。

児童特別指導室のベッドで目を覚まし、体のべとつきに顔をしかめる。

職員用のシャワー室で汗を流す。

サッパリしたら着替える。新しい下着にTシャツ、ジャージの上下。スーツを着ていたのは清楼学園にやってきた当初だけだ。いまは過ごしやすさを最優先している。多くの職員も似たようなものなので違和感はない。

鏡を見てみると、相も変わらずの肥満中年がそこにいた。

腹が出ていて、顔にも醜い皮下脂肪がついている。

むしろ以前より全身の厚みが増していた。太ったというより、たくましくなった。筋肉がぜい肉を押しあげているのだ。

「自己暗示も効くんだな」

熊谷はＳＮＯによって筋肉が発達するよう脳にプログラムを刻みこんだ。暇な時間を見つければ筋トレをする。あるいは日常のささいな動作に余分な力を入れ、全身各所の筋肉を鍛える。睡眠中も同様だ。運動が嫌いなので、すべて無意識のうちに行うよう暗示してある。

睡眠の質が悪くならないよう完全休眠の熟睡時間もたっぷり取っている。起床時の発汗は疲弊した筋肉が急速に代謝して回復しているからだろう。

「体力もついてきた。精力も絶倫だ」

すべてはセックスのためである。

女児を延々と犯すためである。

想像するだに股間が硬くなった。シャワー室から指導室に戻るまで勃《た》ちっぱなしである。登校してきた生徒たちと笑顔で挨拶を交わすときも収まらない。むしろ愛らしい天使たちを見てますますたぎるものがあった。

「だーりん……おはよう」

足を止めてジャージの裾をつかんでくるのは亜麻色髪のお人形さん。熊谷の顔を見あげて、頬をほのかに赤くしている。

「おはよう、エルナ。今日も可愛いね」

熊谷は片膝をついてエルナを抱きよせ、口づけをした。舌を差しこむ大人の恋人キスだ。エルナも喜んで舌を絡めてくる。

だれに咎《とが》められることもない。ＳＮＯの効果は全児童に浸透している。児童特別指導官のすることはつねに正義である。

「すき……だーりん、すき、すき、ちゅっ、ちゅぢゅっ、ぢゅるるっ」

子どもたちの行き交《か》う廊下に淫らな水音が響いていた。

「おはよう、パパ！」

横から元気な声が駆け寄ってきた。

勢いよく抱きついてくる小さな少女を、熊谷はしっかり抱き留める。エルナと口が離れ、唾液の糸が伸びてしまう。

「おはよう、鈴ちゃん。今日も元気でえらいね」

「えへへ、元気だよお」

通学用のベレー帽越しに頭を撫でてやると、鈴はにんまり白い歯を見せた。無邪気な表情に熊谷の変態性欲が触発される。

「鈴ちゃん、ちょっとパパのお部屋にきてくれる？」

「うん、いいよ」

「エルナはそろそろ教室にいかないとね」

「……うん」

不満げなエルナにもう一度キスをして、胸も揉んでやった。ボリュームが以前よりすこし増している。そろそろブラジャーが必要かもしれない。

名残《なごり》惜しげに立ち去るエルナのとなりには鐘一の姿があった。少女の視線がそちらに向くことはない。幼い恋心はすでに熊谷のものだ。

「じゃあ、ヤリ部屋いこうか、鈴ちゃん」

「うん！　いくいく！」

鐘一の妹である鈴も、間もなく完全に自分のものになる。

熊谷には確信があった。


特別指導室で熊谷は食事を取りながら鈴を眺めていた。

朝食のメニューはバナナと惣菜パン、そしてサプリメント。いささか味気ないが、ベッドの上でさらけ出された幼女の股が一番のおかずである。

「えへへ、あの新しいの、だいぶ慣れてきたよ」

鈴はM字に股を開いて秘処を見せつけている。

小さな割れ目にピンク色のなにかが突き刺さっていた。鈴はゆっくりとそれを引き抜いていく。棒状のシリコン製品だった。

「あっ、あー、あー、これ好き……！」

やや舌っ足らずな幼い声が快楽に揺らいでいた。

きゅぽんっと幼裂から吐出《としゅつ》されたものは、人差し指サイズの小型ディルドである。小さいながら亀頭もあるので、エラが膣肉に食いこんでいたことだろう。

「いいねえ、鈴ちゃん。しっかり濡れてるし、どんどん大人になってるね」

小指すら満足に入らなかったことを思えば大した成長である。

「えへぇ、鈴、クラスで一番オトナだもんね」

愛液にまみれたディルドを自慢げに見せつけてピースをする。彼女ぐらいの年齢になると羞恥心すら未成熟だが、それもまたスパイスだ。性意識が皆無の幼い少女を騙して淫らな行為をさせている背徳感が股間に響く。

「そのディルドが入ったら、もっと大人になれるかもね」

「ほんと？　鈴、もっと大人になっちゃう？」

鈴の目がきらめいた。

小さな子どもほど背伸びしたがるものである。

「この調子なら本格的な特別指導もすぐだね」

「うん、たのしみ！」

最下級生ならではの無垢さに熊谷は狂おしいほどの情欲を覚えた。

だが耐える。

鈴を食べるのはもっと膣トレーニングを施してからだ。

「絶対に生ハメ中出ししてあげるからね」

最悪の宣言に無知な女児は元気よくうなずいて返すのだった。


午前中はムラムラしてたまらなかった。

鈴への欲求を堪《こら》えたことで逆に興奮が収まらなくなっていた。

無意識の筋トレにより体力と精力が増した弊害でもある。

「とりあえず適当な子どもで発散するか」

授業中の教室にずかずかと入った。

四年一組。二次性徴がようやく訪れはじめる年ごろ。

際だって容姿に優れるのはふたり。

活動的なポニーテールに強気な表情がよく似合う、小柄な穂村小紅《ほむらこべに》。

眼鏡にショートカットのおっとりした文学少女、木山翠《きやまみどり》。

両者はとなり同士なので、机を寄せあわせて距離を近づけさせる。

凛と眉を吊りあげた小紅の横から、眼前にペニスを突き出した。

「小紅ちゃん、今日もお掃除してくれる？」

「はい、もちろん！　特別そうじ係、がんばります！」

小紅は元気に返事をするとペニスに手を添え、ためらいなくしゃぶりついた。

学年で一番小さくて、学年で一番元気で、学年で一番「よいこ」であろうとする少女である。とくに清掃活動を好む。汚れたものが綺麗になると達成感があるらしい。

彼女にかけた暗示内容は単純。

『特別そうじ係は児童特別指導官のペニスをお口で綺麗にする係である』

すでにカウパーでドロドロの男根を一所懸命になめまわす。熱心に、激しく、無我夢中で。じゅっぽじゅっぽと粘っこい音が教室に響きわたるが、気にする者は教師ふくめてだれもいない。そのように暗示をかけている。

ただひとり、隣席の木山翠を除いて。

「穂村さんすごい……おち×ちんに、ふぇらちお、してる……」

翠は恍惚として、眼鏡越しの目をとろりと潤ませていた。

読書家で知識欲の強い少女である。性知識も持っていたし、興味もそれなりにあった。好奇心をSNOで増幅させ、ついでに暗示を上乗せした。

『友だちの性的行為に興奮するとオナニーしてしまう』

彼女は自分の股をいじって吐息を弾ませていた。

「翠ちゃんもフェラしてみる？」

「えっ……私も？」

声をかけられると思ってなかったのか、翠は目を丸くした。

「やろやろ、翠ちゃん！　楽しいよ、おち×ぽ掃除！」

小紅はまったく悪びれない。それが正しい行為だと信じているのだ。

「じゃあ……いっしょに」

小四ふたりがかりの口奉仕がはじまった。

あどけない顔がふたつ。忙《せわ》しなく動きまわる口と、ゆっくりながら男の弱点を突いてくる口。どちらも小さくて愛らしい。子どもの顔だ。大人が守るべき純真な妖精たちの面立ちである。

「うっ、出るぞ！　可愛い顔にぶっかけてやる！」

熊谷はあどけない顔に大量の白濁をかけまくった。

「わっ、熊谷さんの今日はめっちゃ多い……！　翠ちゃん、お口あーんして受け止めないとダメなんだよ！」

「うん、わかる……あーん」

ふたりは舌を出して生臭い粘液を受け止めた。

夢のような幼性汚辱に熊谷は感動し、さらに大量の液汁を振りまいた。


残念ながら射精一回では満足できない。

いまの熊谷は絶倫である。

むしろ一発出して助走がつき、ますます興奮が募っていた。

「ちょうどいい子ども便器はどこかなぁ」

教室を出て学校を歩きまわり、次の獲物を探す。

とすん、となにかが床に落ちた。そちらに視線を向ける。

女子トイレの前で尻餅をついている少女がいた。

艶やかな黒髪が印象的な美少女、水科姫子。

正面の女子を見あげる顔は、珍しく怯えているように見えた。

「ごめんね、姫子。友だちと話してて見えなかったの」

「はい、だいじょうぶです……お姉ちゃん」

姫子に姉と呼ばれたのは、艶やかな黒髪をツーサイドアップにした少女だった。顔立ちは姫子にすこし似ているが、より吊り目で苛烈な印象が強い。薄ら笑いで妹を見下す表情には侮蔑《ぶべつ》が透けて見えた。

六年の水科華乃《かの》。

美少女ではあるがキツい印象が気になって熊谷が避けていた女児だ。

「ほら、立って。いつまでもそんなとこで座ってたらダメよ、姫子も水科の子なんだからしっかりしないと」

「ありがとうございます、お姉ちゃん……」

姫子は一瞬のためらいを挟んでから、姉に差し出された手を取った。

立ちあがろうとしたとたん、姉の手がぱっと開かれる。

姫子は目を丸くして再度尻餅をついた。

「あらら、ごめんね？　なんだか姫子の手がヌルヌルして滑っちゃった」

華乃がおかしげに笑うと、トイレの中から別の笑い声が追従した。

「えー、華乃ちゃんほんと？　この子ってヌルヌルしてるの？　カエルみたい！」

「きったね！　くっせ！　そんなのが妹とか最悪じゃん！」

姉の友人たちの悪乗りに姫子の笑みがこわばった。

「しょうがないのよ。だってこの子、ママの子じゃないし」

「アイジンなんだよねー、カエルちゃん」

「きったね！　きったね！」

姉と友人たちの心ない言葉に、姫子はそれでも笑みを保っていた。

だれも助けない。遠巻きに見るか足早に立ち去るだけだ。

水科華乃はクラスの女王である、とは担任教師の言《げん》である。

学園でもっとも裕福な家庭に生まれ、容姿も端麗で、勉強も運動もできる。リーダー気質もあって級友を引っ張っていく存在だという。

おまけに六年生となれば全生徒の頂点に等しい。逆らう者などいない。教師すら親の権力を恐れて口出しできないほどだ。

例外はひとりしかいなかった。

「こら、なにやってるんだ」

熊谷は小走りに駆けつけ、姫子を助け起こした。

「おじさん……」

姫子は覇気のない顔で熊谷の腕にしがみつく。穏やかながら芯のある態度が印象的だった少女が、いまは子犬のように弱々しい。

彼女が妾《めかけ》の子だと知ったのは初めてセックスをしたあとである。母親が死んだので水科家に引き取られたらしい。その後の家庭事情は熊谷の知るところではない。正妻の娘と確執があることは一目瞭然だが。

「あら、指導官の熊谷さん。ごきげんよう」

華乃が優雅に一礼すると、後ろの友人二名——というより、取り巻きのふたりも慌てて頭を下げる。

「姫子ちゃん、お手洗いにいくの？」

熊谷は華乃たちを無視して姫子に話しかけた。

「はい……でも、いまはやっぱりいいかも」

姫子は笑みを取りつくろった。が、トイレの入り口を塞ぐ姉たちを見ると、熊谷の腕に強くしがみつく。

「ちょっと姫子、そんなにくっついたら熊谷さんにご迷惑でしょ？」

「迷惑じゃないよ。それより華乃ちゃん、入り口あけてくれる？」

「はい、もちろん」

華乃と取り巻きは素直に道を開けた。児童特別指導官への敬意はＳＮＯによってしっかり刷りこまれている。

「じゃあ、いってきて、姫子ちゃん」

「はい、おじさん……ありがとうございます」

姫子は恐々と熊谷から離れ、トイレに入っていく。

そちらを華乃は冷たく一瞥したかと思えば、輝くような笑みを熊谷に向けた。

「熊谷さん、あの子に親切にしてくださるのは大変けっこうですけど、でも……」

言葉の途中で、熊谷は華乃の頬に平手を食らわせた。

頬を押さえて呆然とする小さな女王を冷たく見下ろす。

「特別指導室にきなさい」

「は、い……」

徐々に痛みを感じてきたのか、華乃は震えながらうなずいた。どうせ親にもぶたれたことがないのだろう。女王気取りでもしょせんは義務教育のガキである。

「親のかわりに躾てあげるよ。ああ、もちろん後ろのふたりも」

「え、私も……？」

「マジで……？　熊谷さん、なんか恐い……」

女王さまの怯えが伝染して取り巻きたちも青い顔になる。

熊谷はふふんと鼻を鳴らした。

「めちゃくちゃにブチ犯してやるからな」

正義感などではない。昂《たかぶ》った性欲をぶつける相手がほしいだけだ。気兼ねなく乱暴にできる相手もたまには新鮮でいいだろう。

その後、熊谷は徹底的にお仕置きをしてやった。生意気盛りの悪ガキを責めるのが楽しくて、少々度が過ぎてしまったかもしれない。


そんな日常がつづいた。

学園をぶらついて女児をつまみ食いし、ときにはお仕置きする。

時が経つにつれてＳＮＯの暗示は深く根を下ろしていく。精神面だけでなく、肉体干渉にしても同様だ。

「見て見て、こんな太いの入るようになったよ」

鈴は廊下でジャンパースカートをまくり、パンツを下ろして見せた。いくら子どもとはいえ、ひとけのある廊下ですることではない。暗示が学園全体に浸透していなければ問題行動になっていただろう。

ましてや女児の秘裂にはピンク色の棒が突き刺さっている。親指よりひとまわり太いサイズのバイブレータだ。

「よしよし、よくがんばったね」

「えへへ、パパに褒めてもらいたくてがんばった」

熊谷が頭を撫でると、鈴の顔にほがらかな笑みが浮かぶ。無理して耐えている様子ではない。すっかり幼裂が異物挿入に慣れたのだろう。

「感度のほうはどうかな」

スマホを操作。ＳＮＯでなく、バイブと連動したアプリ。

その名のとおりバイブレータが振動した。

「あっ、あー、あーっ、きもちー」

鈴はうっとりと目を細めて快楽に酔う。幼い股に透明な露が伝った。

性感神経の仕上がりも上々。

頃合いだ。

「今日、鈴ちゃんのおうちに行っていいかな？」

「んー、あんっ、いいよ、パパ」

中年男の欲望は学園内に収まりきらなくなっていた。

通学バスに乗ると、一番後ろの席で鈴を膝に乗せた。

体をまさぐって、ぷにぷに柔らかな幼い肉感を楽しむ。

「あはは、気持ちいー、あはっ、あっ、あーっ」

バイブを動かしていることもあり、鈴は笑いながら喜悦していた。羞恥心の欠如もお子さまらしくて愛らしい。

間もなくバスは停車した。

熊谷は鈴と連れだって降車し、すこし歩いて小宮家に到着する。やや広めの一戸建てで、庭は狭いが駐車場は大きい。余裕を持って二台駐車できるだろう。

「ただいまー！」

「失礼します、清楼学園から参りました」

玄関から小宮家にあがると、奥から女性が笑顔で現れる。三十代中盤ごろだろうか。ほがらかな顔立ちの美人だった。鈴との血のつながりを感じる。

「特別指導官の熊谷さんですね。いつも鈴がお世話になってます」

「いえいえ、お子さんはとても素直な子でして、こちらこそ助かってます」

「熊谷さんにそう言っていただけるなんて……」

小宮家の細君は来訪者にいっさいの警戒心を抱いていない。敬意と礼儀をもって相対している。これもまたＳＮＯの効果だ。

先日、清楼学園では授業参観がおこなわれた。

集まった保護者は大スクリーンでＳＮＯの洗礼を浴びた。熊谷を信頼できる人間だと刷りこまれたのである。さらに手持ちのスマホやタブレットに受信用のＳＮＯもダウンロード。家族を巻きこんで暗示を受けるのが日課となった。

「実は今日、お子さんの特別指導を自宅でおこなうことになりまして」

「まあ……わざわざ貴重なお時間を使ってくださるのですね」

小手調べの手応えは上々。暗示の効果は充分に出ている。

熊谷はさらに踏みこんでみた。

「鈴さんには性教育をさせていただきます」

「ぜひお願いします。熊谷さんなら信頼できますわ」

「なら遠慮なくガキま×こブチ犯して種付けさせていただきます」

「どうぞどうぞ。鈴、ちゃんとお礼言いなさいね」

「はーい。パパ、ありがと！」

狂気じみた会話を笑顔で交わしながら、鈴を抱きかかえてみた。背中と膝裏を支えるお姫さまだっこの体勢で、見せつけるようにキスをする。

「ご指導の前にお茶などいかがですか？」

母親は何事もなかったかのように言った。

「すぐに鈴ちゃんの部屋に向かいますので、あとで部屋に持ってきてください」

「わかりました」

「おかしも持ってきてね、ママ！」

「はいはい」

熊谷は鈴を抱《かか》えたまま階段をあがった。途中何度も唇を重ね、舌も絡めた。ミルクのように甘い一年生の口を味わい、股間を硬くしていく。

二階にあがってすぐのドアに「すず」と書かれた木札が吊り下げられていた。ドアを開けると、真新しい家具の匂いがする。学習机もベッドも本棚もピカピカである。入学にあわせて新調したのだろう。

「見て見て、机！　鈴のだよ！」

鈴は熊谷の腕から飛び降り、満面の笑みで机に駆け寄る。

「自分用の机を買ってもらってうれしいんだね」

「うん！」

大人から見ればなんてことのない机だ。教科書やノートが並び、文房具置き場がある。なにかのマスコットキャラのシールが貼られているのは、自分のものだというマーキングか。

「それじゃあ、さっそく脱ごうか」

「服着替える？」

「ああ、そうだね。私服でパコってみようか」

「わかった！　待っててね！」

鈴はその場で制服を脱ぎだした。恥じらいもしないのは暗示のためでなく、性意識の未熟さゆえだ。脱いだ服を床に放り出すのも子どもっぽい。

身につける私服はピンクのTシャツにデニムのスカートと活動的なもの。ただしTシャツの袖はシュークリームのように膨らんだパフスリーブ。さりげないオシャレが女の子らしい可愛げを主張していた。

「せっかくだからランドセルを背負ってみようか」

「重たいからイヤかも……」

「中身は全部出そう。見た目が重要だからね」

空っぽにしたランドセルを背負わせると、親しみやすい雰囲気が増す。

鈴も目鼻立ちは整っているが、姫子やエルナとは印象が違っていた。彼女らには物語的というか、幻想的というか、浮き世離れした美しさがある。

対して鈴は、どこにでもいる普通の子どもの愛らしさにあふれている。

「じゃあ、そろそろ楽しいことしようか」

「はーい！」

手をあげて返事をする元気さも子どもも子どもしていた。

ふたりでベッドにあがり、まず熊谷は鈴の胸に顔を押しつけた。抱きしめて押し倒し、すーはーと鼻腔いっぱいに体臭を吸いこむ。

「甘い……！　やっぱり一年生は三年生より格段に甘い……！」

エルナたちとくらべても濃厚なミルク臭だった。

「くすぐったいよ、パパ、あはっ、あっ、んっ……！」

鈴の口から喘ぎ声が漏れるのは、スマホでバイブを作動させたからだ。

熊谷は喜悦に悶える幼児体型を撫でまわし、嗅ぎまくった。薄いTシャツ越しにあどけない体つきを感じる。ただ小さくて細いだけではない。

胸はひどく薄い一方、お腹は丸みを帯びている。イカ腹と呼ばれる幼児特有の体型だ。腹腔が狭く筋肉も薄いため、腹が臓器の内圧で丸くなる。中年太りとは違って子歪んだ獣欲のままに、熊谷はスーツを脱ぎ捨てて股間を剝き出した。

（このお腹を大人のち×ぽでかきまわしてやるんだ）

どもらしく愛らしい丸みだった。

「わ……ち×ちんでっかくなってる」

「鈴ちゃんに入りたくてウズウズしてるからだよ」

「えへへぇ、鈴もはやく入れてほしい！　ずっと入れてみたかった！」

挿入願望もＳＮＯで植えつけたものだ。バイブに押し拡げられた幼膣からは刻々と
肉汁があふれている。

「入れる前に準備しないと」

「じゅんび？」

「ち×ぽをヌルヌルにするんだよ、鈴ちゃんのお口で」

熊谷は鈴を仰向けに寝かせ、その体をまたいだ。腰を振って逸物をしならせ、柔ら
かなほっぺにペタペタと当てる。

「あはっ、きゃはッ、きたないよー」

「汚いチ×ポおいしそうだろ？」

「うん、お口の中、ヨダレいっぱい出てきた！」

ＳＮＯによる認識改変と味覚汚染により、鈴は本気で垂涎《すいぜん》している。ソフトクリームでも前にしているかのような表情だ。

「じゃあペロペロしようか。ヨダレたっぷり乗せてベチャベチャにするんだよ」

「する！　ぺろぺろする！　れろぉー」

清楼学園の児童には日課の洗脳動画鑑賞でフェラチオ指南もしている。修学はじめの好奇心旺盛な子どもたちは淫戯も熱心に学んでくれた。

まずはちいちゃな舌で肉竿全体にヨダレを塗りつける。くすぐったい程度の微弱な刺激だがオードブルにはちょうどいい。

「おいしい？」

「うん！　パパのち×ちんおいしい！」

屈託のない返答をすると、今度は亀頭を集中的にれろれろとなめる。敏感な部分なので熊谷もさすがに吐息を漏らした。

「あぁ、上手《じょうず》だよぉ、鈴ちゃん……！　フェラが上手な小一とか滅多にいないからね、自信持っていいよ？」

「やったぁ！　フェラじょーず、フェラじょーず！」

頭を撫でてやるとうれしげに目を細め、ますます熱心に亀頭をなめまわした。

快感が蓄積されるにつれて肉棒の青筋が増えていく。

グロテスクに脈打つ反り棒を、鈴は寄り目気味に見あげた。

「パパのち×ちんかっこいい」

嘘偽りのない感嘆だった。

「金玉もしゃぶれる？」

「できるよ！　やさしくはむはむちゅぱちゅぱするんだよね」

鈴は生臭い陰嚢を目鼻の上に乗せられても無邪気な笑みだった。

顔を浮かせて舌を伸ばし、陰嚢を突っつく。そうして位置を確認すると、大口を開けてすすりこんだ。

「あむ、あむ、じゅるっ、ぢゅじゅじゅッ、ぢゅぱっ」

「強すぎなくていい感じだ……鈴ちゃんは金玉しゃぶりの天才だな」

「えへへぇ、ちゅぱちゅぱっ、ぢゅるるるるっ」

生温かい口内で皺袋がやんわり圧迫されていた。敏感な部位だが痛みはない。睾丸がむずがゆくなり、沸々と熱くなる。

実際に温度があがっているわけではないだろう。高熱には弱い部分である。

それでも活性化して精子を増産している感があった。

「精子溜まってくぞぉ……！　溜まった精子はぜんぶ鈴ちゃんにあげるからね、受け止めてくれるよね？」

「うん、いいぉお。ぢゅ、ぢゅぢゅううぅう……んぱっ」

鈴は陰嚢を吐き出すと、亀頭を舌に乗せた。竿肉に手を添え、左右に揺らしながら舌も動かす。

「せーし出ひてぃーお。ぴゅっぴゅーって出うんだおね？　パパのぴゅっぴゅー見ひゃい、見せへ、せーしぴゅっぴゅ、せーしぴゅっぴゅう」

息は乱れ、頬は赤らんでいるが、快楽を熟知した大人の表情ではない。あくまで無邪気な好奇心に性感と興奮が上乗せされているだけだ。

鈴はどこまでも子どもだった。

熊谷は子どもが大好きだった。

だからアッカンベーのような表情にどうしようもなく昂《たかぶ》る。

純粋無垢を穢したくて、急速に股間のボルテージがあがっていく。尿道が痙攣し、灼熱の衝動が肉棒の根元で膨張した。

「出るぞ、精子出るッ！」

「どーぞ、せーしいっぱいくらひゃーい、えへへ」

海綿体が爆《は》ぜんばかりに脈動し、白濁した愉悦のエキスが噴き出した。

勢いあまってべちゃりと幼貌にへばりつく。

「あはっ、はずれー！　お口じゃないー、あははっ」

二射、三射と粘っこい汁がちびっこい顔を汚していく。

それが楽しくて仕方ないというように鈴は笑う。

大きく開かれたお口に、今度こそ白い弾丸が命中した。

「あっ……甘い……せーしあまい……」

目がとろけて、舌がねっとりとうごめく。次々に飛びこんでくる精液を受け止めては、口内に塗り広げるようにして味わう。苦味が強い粘液を生クリームのような代物だと錯覚していた。

口を開いたままねぶりまわすのはお行儀が悪いが、それすらSNOによって「精液はそうやって楽しむものだ」と暗示されているからだ。

鈴の顔が粘り気でパックされ、口が白濁のプールと化す。

せっかくなので、熊谷はバイブの振動をスマホで強にした。

「あっ！　あはっ、すっごいブルブルするッ、ブルブルすごいぃ……！」

不意打ちの性感刺激に、鈴は幼児体型を震わせ感じ入る。口内の粘汁を舌でかきまわしながらだ。

（小一の女児がザーメンまみれでよがりながら精液遊びするの、ちょっとエロすぎるだろ……！）

熊谷はスマホでしっかり鈴の痴態を録画しておいた。


射精が止まっても熊谷の逸物は萎えることなく屹立していた。

むしろ青筋が増えて肥大化しているぐらいだ。

「まずはおま×こ空けておかないとね」

熊谷は幼穴のバイブをゆっくりと抜きはじめた。振動は最大にして、ごま粒じみた陰核をなめこすりながら。

「あーっ、それすきっ、そこペロペロされるの好きッ」

「鈴ちゃんもち×ぽ、なめてくれたからね、クリなめでお返ししてるんだよ」

などと言いながら、抜きかけたバイブをふたたび押しこむ。

「あうっ、んんッ、あはっ……！　抜かないとおち×ぽハメられないよ？」

「そうだね、でもしっかり準備しておかないと」

バイブを出し入れすると納豆をかきまぜるような音がした。あふれるほど潤滑しているので手応えは軽い。前後動だけでなく円運動も問題なし。しっかりほぐれて挿入用の肉穴となっていた。鈴の喘ぎ声も申し分ない。

「よし、充分だな」

熊谷はバイブを抜いた。ねっとりと糸を引く。

秘処はすぐに閉じたが、ほんのわずかながら隙間が開いていた。それも時間の問題で、じきに一本スジに戻るだろう。

「はやくハメよ、パパ……いまなら入ると思うから」

鈴も女の本能でわかるのだろう。

あるいはメスの本能がうずくのだろうか。

恍惚と細められた目はひどく物欲しげで、どことなく妖艶だった。

「じゃあ、ハメようか。えー、みなさん、ご覧になってますか?」

熊谷が語りかけるのは、本棚に設置したデジタルビデオカメラだ。ベッドを横から記録している。

「これから学校で一番年少の、一年生の女の子をパコります。自宅の自室です。小学校にあがってようやくもらえた自分だけの部屋が、いまから初セックスの記念部屋に変わってしまうわけですね」

交尾学習用にほかの生徒たちに公開する予定だった。

カメラに向き直ってベッドから床に足を降ろす。

鈴の腋《わき》をつかみ、自身の股の上に運んだ。亀頭と秘処が接触したところで停止。子どもとはいえそれなりの重量はあるので、腕に負担がかかる。ＳＮＯの自己暗示で体を鍛えていなければ厳しかったかもしれない。

「鈴ちゃん、スカート自分でまくろうか」

「はーい！　じゃじゃーん、ハメるところ見せちゃいまーす」

鈴はデニムスカートをめくりあげた。

極小の割れ目が極太の男根に押しあげられ、ひしゃげている。軽く押しつけただけでもサイズ差が大きすぎた。

「絶対に入らないと思うかもしれませんが……」

「んっ、あぅうぅッ……！」

鈴の体を下ろせば、幼肉の針穴に矛先が埋もれていく。時間をかけてほぐした甲斐があった。すこしずつだが、着実に入っていく。

ぐぽり、と亀頭が潜りこんだ。

「あはっ、あーっ、ち×ちん入った……！　えへへ、やったぁ」

「ああ、入ったよ……！　ついに小一とセックスしてやったぞぉ……！」

「パパ、気持ちよさそう……鈴もね、すっごい気持ちいいよ」

鈴はスカートをたくしあげたまま、カメラ目線でピースをした。まるで遊園地に遊びに来たかのような無邪気な笑顔で。

あどけない笑みは、熊谷の腰が動きだすとたやすく歪む。

「あうッ、はっ、パパっ、やんっ、お腹ビリビリする……！」

「これがセックスだぞ、鈴、みんな。こうやって子どものおま×こを大人のち×ぽでえぐりまわすのがセックスだ！」

熊谷が心から求めてきたセックスはこういうものだった。

年端もいかない童女を食い物にする鬼畜の所業。

許されるはずのない性犯罪。

白木には感謝しかない。彼は熊谷から善人の皮を剝ぎ取って、押し殺してきた欲望を解放してくれた。そして欲望を結実させるための手段も与えてくれた。

いまの熊谷には行為をためらう理由などない。

「こうやってチ×ポでガキ穴をこすりまわすとおたがいに気持ちがいい！」

説明しながら後ろに倒れ、腰を高く突きあげていく。鈴の最奥を押しあげ、ぐりぐりとこねまわす。

「あっ、あー、あーっ……！　お腹ビリビリ、アツアツ、なってるぅ……！」

鈴はスカートの裾を強くつかんで快感に耐えていた。なにも考えずに受け止めるには強すぎる刺激なのだろう。熊谷からは後ろ姿しか見えないが、腰を中心に震えが広がる様は大人の女よりずっと艶めかしい。ちびっこいからこそ、わずかな快感反応すら何十倍も大きく見えるのだ。

「子どもでも気持ちよくなれるように毎日おま×こいじって訓練するんだぞ？　感じやすくなってほぐれてきたら、児童特別指導官の俺がいつでもハメてやるから！　こんなふうに！」

「あぁあッ！　あーッ！　あーッ！」

激しいグラインドで小壺をかきまわされ、鈴の声が高くなる。

肉幹は半分ほど埋まっていた。小一の容量では亀頭ひとつで精いっぱいと思いきや、日数をかけてほぐしてきた結果である。

熊谷は遠慮なく動いた。

腰をよじるだけでなく、軽い体を手で上げ下げする。摩擦が激しくなって快感が高まった。当然ながら膣の狭さはすさまじく、動かずともキュッキュッと締めつけられて感悦する。驚くほど早急に海綿体が沸騰しはじめる。

「ガキ穴すさまじいな……！　もう搾り取られそうだ……！」

肉茎が破裂せんばかりに痙攣した。

「あんっ、あーっ、し、しぼ、なに……？」

「鈴ちゃんのま×こが気持ちよすぎるってことだよ……！」

「気持ちいい？　パパも？　鈴もっ！　鈴も気持ちいい！　いっしょ！」

鈴は大人のように喘ぎながら、子どもらしく無邪気に喜んでいた。大好きな相手と快感を共有できる幸せを本能的に理解しているのだろう。

これは紛れもなくセックスだ。

洗脳しているとはいえ、愛のある男女の交わりだった。

「子どもとセックス……！　最高だよ鈴ちゃんっ、鈴っ、鈴……！」

「あんっ、あひッ、パパっ、パパぁ……！　きもちーよぉ、きもちーぃ！」

カメラの前でセックスの意味も知らずによがる女児。その体は熱を帯び、汗でぬめって、小刻みに震えだした。

鈴に最後の瞬間が来ると確信して、熊谷は自身の穢れを解放した。

「イクぞッ、ガキ穴にザーメン出る……！」

「あぇ？　んっ、あッ！　あぁぁあッ……！　あぇぇぇぇぇぇぇぇっ！」

ふたりの絶頂は同時。

熊谷はイキ震えに満たされた幼穴に精子を搾り取られた。半分ほどしか挿入できていないため、敏感な亀頭を集中的に責められているようだった。

いくらでも粘汁が飛び出す。

いつまでも快楽が止まらない。

「見てるかみんな、これが中出しだぞ……！　中年親父のち×ぽからドロドロの精子が出て、子どもの粘膜にへばりついてマーキングしてるんだ……！　大人になってどんな男とセックスしても、最初に中出ししたのは俺だからな……！」

子どもの未来に傷をつけてしまった。許されることではない。だからこそ昂って射精が勢いづく。

「あーっ……あーっ……あーっ……」

鈴は単調なほど同じ喘ぎをくり返していた。全身をこわばらせ、顔は虚《うつ》ろで、ヨダレがこぼれっぱなしである。

まるで人形が壊れてしまったかのようだが、けっしてそうではない。その証拠に膣肉は執拗なほどうごめき、腰が跳ねつづけている。

彼女は快感を貪《むさぼ》るために、未成熟な神経をすべて股間に注いでいるのだろう。

「女児穴パコパコされて気持ちいいんだよね、鈴ちゃん？」

柔らかほっぺをつかみ、上を向かせて舌を吸った。射精しながらのディープキスをしっかり楽しんだあと、ふたたび問いかける。

「気持ちいいよね？」

「うん……こんなのはじめて……えへへ、もっとしたい」

物欲しげに自分から舌を絡《から》めてくる幼女に、熊谷は容赦しない。

幼い嬌声が子供部屋を淫靡に彩った。


ドアが開かれ、母親が菓子盆を学習机に置いた。

「お茶とお菓子がありますので、どうぞ熊谷さんも召しあがってください」

「ああどうも、奥さん」

熊谷は額の汗をぬぐい、学習机に手を伸ばしてレモンティを飲んだ。渇いた喉に染みこむ。うまい。流れ落ちた汗が足まで伝い、絨毯に染みこむ。

その間も腰遣いは止まらない。

ベッドの縁に立たせた鈴を後ろから犯しつづけていた。

「あんっ、あんっ！　あーっ、あーっ！　またイクッ！　パパっ、イッちゃう！」

鈴は腰の高さを合わせるため脚を大きく開いていた。結合部から漏れ落ちた液が脚だけでなく真下に落ちてベッドを汚す。愛液と精液が混ざって泡立った白液は、どくんっ、とふたりが法悦に達した直後、すさまじい勢いであふれ出す。

「あーっ、あぁあああッ……！　イクのすきっ、パパのおち×ぽすきっ、せーえきだいすきっ、んんんんんーッ……！」

「イキっぷりも様になってきたな、鈴……！　小宮さん、おたくのお子さんハメ具合よすぎて、もうこれで三回目の中出しですよ！」

「まあ、それは……ええと、中出し……？」

母親は眉をひそめて首をかしげた。暗示のかかりが浅いのかもしれない。

すかさずスマートウォッチを突きつけて重ねがけ。

「小学生は児童特別指導官のチ×ポで指導されるものですからね。こうやってアへるまでハメ倒すのが私の仕事です」

「いつもお疲れ様です。どうぞ、鈴のアソコをたくさん指導してください」

「ええ、専用便器として使いまくります」

娘を犯す不貞の輩《やから》に丁重なお辞儀をする母親。

その異様な光景に熊谷は吹き出した。

彼女が部屋を出ると、今度は鈴を仰向けに寝かせる。

上から押し潰すように挿入すると、鈴の声が獣のようにひしゃげた。

「あおっ、おおぉおおッ」

「こうやって子宮を潰すとみんな下品な声出すんだな。オスに犯されて野性の本能でも刺激されるのか？　そらそら、もっと動物みたいになれッ！」

「おんッ、ぉおおおッ、おひッ、おんんッ」

熊谷は好き勝手に腰を使った。

小さな体を思うままに転がして体位を変える。

まるで性玩具扱いだった。無知で小さな子どもをオナホールのように使う破滅的な後ろめたさに、睾丸がざわついて止まらない。もっともっと射精したくてたまらない。何回でも何十回でも射精できそうだ。

「これからも俺の好きなときにレイプするけど、べつにいいよな？」

「うん、いつでもしてっ……！　鈴もいっぱいパパにれいぷしてほしい……！」

「ああ、鈴みたいな可愛い女の子を犯すために体を鍛えたんだからな」

愛らしい子供部屋に狂的な会話と性臭が充満する。

脂肪の下に息づく筋肉の力で、熊谷はこれでもかというほど鈴を犯しつくした。

「あとでご両親の前でパコりながら晩ご飯をいただこうか」

思いつきを口に出してニヤつく中年男に、良心は欠片《かけら》も残っていなかった。

熊谷メモ３

穂村小紅（四年生）

【容姿】身長132cm／体重28kg／長めのポニーテール／くりくり目で眉がキリっと凜々しい／学年で一番小柄。

【性格】正義感が強く曲がったことが大嫌い。清掃活動を好む。

【SNO】特別そうじ係としてペニス掃除＝フェラを仕込む。向上心があって良好。

木山翠（四年生）

【容姿】身長138cm／体重31kg／やや茶色がかった短髪／眼鏡の似合う文学少女。

【性格】読書家で自己主張は弱いが、気配りのできるタイプ。かなりの耳年増。

【SNO】友人の性的行為に興奮してオナニーするよう仕向ける。小紅が特別そうじ係の仕事をするたびにオナニーをして、すっかりハマってしまった様子。

水科華乃（六年生）

【容姿】身長146cm／体重40kg／艶やかな黒髪ツーサイドアップ／吊り目がちで秀麗な造作と小生意気な表情／膨らみはじめた胸。

【性格】面倒見のいい親分肌と傲慢な女王様気質を併せ持つ。とくに腹違いの妹である姫子に対しては後者の悪い面が強く出る。

【SNO】絶対服従させたまま凌辱。身のほどを思い知らせる。

乾真希（六年生）

【容姿】身長149cm／体重42kg／やや茶髪気味のゆるふわボブ／目がぱっちりして子犬のような可憐さ／性徴は控えめ。

【性格】長いものには巻かれるタイプ。可憐な顔立ちを活かして強者に媚びる。

【SNO】ボスである華乃もろとも絶対服従凌辱＋面白い試みを思いつく。

工藤桂花（六年生）

【容姿】身長145cm／体重42kg／黒髪ショートカット／中性的で快活な顔／胸やももの発育がよく、抱き心地良好。

【性格】良くも悪くも直情的で粗暴。直接的な暴力に出ることも。

【SNO】乾真希と同じく面白い試みを思いつく。あとの展開が楽しみである。

小宮鈴（一年生）※容姿、性格については熊谷メモ2を参照

【SNO】継続的な肉体干渉と膣トレで根元まで挿入可能に。また、保護者も洗脳済みであり、自宅にて両親の前で生中出しを実行。拍手で祝福された。爆笑。

第四章　学園まるごと洗脳

もはや全裸だった。

一糸まとわぬ姿で校舎内を歩く。

身につけているのは唯一スマートウォッチのみ。

筋肉と脂肪で以前より盛りあがった肉体を見せつけるように闊歩《かっぽ》する。

変質者然とした熊谷良男を咎《とが》めるものはだれもいない。それどころか生徒たちは明るく挨拶するし、すれ違う教員は敬意をもって会釈する。

「今日は一年生かな」

少女未満の女児を味わいたい。

欲求のまま教室に入ってみたが無人である。

窓から校庭を見ると小さな体操服姿が整列していた。

熊谷はいったん来客用出入り口でサンダルを履き、校庭に出た。

子どもたちは短距離走にいそしんでいる。女子の体操服は時代錯誤な紺ブルマである。元々はハーフパンツだったところをSNOの力で変更させた。

薄いお尻の曲面がくっきり浮き出るうえに、ほっそり華奢で愛らしい脚が根元からさらけ出されているのも魅力だ。なにより中年親父の懐古的な性欲を幼い少女に押しつける快感がある。

「アキラちゃんはやいはやいー」

鈴の歓声が聞こえた。

トラックをひときわ速く駆け抜ける少女がいた。

サラサラのポニーテールが風にたなびく。横顔は凛々《りり》しくも愛らしい。すこし灼けた肌も活発な印象で微笑ましかった。

「アキラちゃん、一等賞おめでとう」

熊谷の行動にはためらいがない。一等賞で走り抜けた大河原《おおかわら》アキラに声をかけ、返事を聞くまえに抱きあげた。

「うわわっ、びっくりした。クマさん、なに？」

「よくお顔を見せて。おお、いいね。可愛いね」

「そっかなぁ。可愛いかなぁ。それより足速いだろ！」

アキラは白い歯を剝き出して自慢げに笑った。少年じみた快活な笑顔である。目尻はすこし垂れ気味だが、細い眉が吊りあがっていた。年齢的に男女の顔つきや体型に差がないので、男子の体操服を着れば美少年と見間違えるだろう。

頰に伝う汗をキスで吸い取ると、当然ながらしょっぱい。

子どもの汗だと思うと美味しくて仕方ない。

熊谷は何度もキスをして吸った。幼肌の柔らかさを唇で味わい、ほのかな鬱血痕をつけていく。

「あはは、くすぐってー」

口調の荒さも男の子っぽいが、紛れもなく女の子である。首筋を吸われた際に細脚をもぞもぞさせるのは、あきらかにメスの仕草だった。

体は紛れもなく女児である。骨盤が狭くて脚が華奢。筋肉も大人のアスリートと違ってほとんどついていない。一年生にしては高身長だが、熊谷の腕にかかる負荷は鈴と大差なく思えた。

「アキラちゃんは背がすこし高めだけどまだまだ軽いね。だから速いのかな？」

「ほんとはもっともっとはやいんだけどね」

「体調でも悪いのかい？」

「股にカタいの刺さってるから」

そう言って、彼女は無造作に自分の股を平手で叩いた。ブルマと下着の下には小型のバイブが挿入されている。

鈴の経験を活かした膣拡張はめぼしい女子全員に受けさせている。その状態で男子まじりの徒競走を一等で走り抜くのはそうとうな身体能力だろう。

「足が速いアキラちゃんにはご褒美をあげよう」

「なになに？　お菓子？　ゲーム？」

「お菓子よりもっと美味しいものだよ」

熊谷はアキラの唇をついばんだ。

ほふ、と彼女の口から甘い息が漏れたので、大喜びで吸いあげた。

「んん、ちゅーっ、ちゅっちゅっ、れろれろ」

アキラは自分からも唇を尖らせて吸い返し、舌を絡めてくる。サイズ差が大きいので子猫が親猫にじゃれつくようだった。

「んっちゅ、ちゅぅぅう……ぁはッ、れろれろやべー、これ好きぃ」

彼女はあきらかにキスを愉《たの》しんでいた。まぶたをなかば下ろして、やけに艶めかしい流し目をする。少年のように活発だった彼女とは別人のように爛《ただ》れた表情だ。

「アキラちゃん、もしかしてキスははじめてじゃない？」

「うん、鈴とした。おぼえたほうがいいって言われて」

「なるほど、道理で」

まだ不慣れなキスではあるが、初々《ういうい》しさを感じて興奮する。同時に、自分の知らないところで開発が進んでいることに小さな嫉妬を感じた。

「児童特別指導官としてもっといろんなことを教えてあげよう」

「え、なに。股がジンジンするやつ？」

「もちろん。女の子のおま×こをいじりまわすのが俺の仕事だからね」

熊谷はアキラを抱《かか》えなおした。右手を彼女の背中から右腋へとまわして抱きしめ、左手で小尻を持ちあげる。中指が小造りな股間に当たる手つきだ。

コツコツと指先でバイブの底を叩く。

「あっ、んんっ……あは、ジンジンする、これ好き」

バイブ自体は動かしていないが、叩いた衝撃はバイブを通して伝わる。まだおのれの使命を知らない子宮口を刺激し、快楽を覚えこませていく。

「あー、パパ。アキラちゃんとえっちしてる」

トラックを走っていた鈴が、ゴールを越えてそのまま駆けてくる。勢いよく熊谷の腹に抱きついてきた。

「パパのお腹ぶくぶく！」

「またこのお腹で押し潰すみたいに子どもレイプしてあげるよ」

「うん、たのしみ！」

鈴は走った直後で息があがっているが、べつの興奮でまた呼吸が乱れた。

すでに鈴とは何度か交わっている。五年生の姫子、三年生のエルナにつづく熊谷のお気に入りだ。

「で、鈴。アキラちゃんにキスを教えたんだって？」

「だってパパ言ったもん。かわいい子にはえっち教えろって」

「ああ、イイ子だな。ご褒美にち×ぽ遊びしていいぞ。手は土で汚れてるから、お口だけ使うんだぞ？」

「うん、おち×ぽしゃぶりするするー」

鈴は膝に手を置いて中腰になり、熊谷の隆起にキスをした。亀頭に何度も吸いつくと、すでに勃起していた逸物がさらに膨らむ。

キスで敏感になった部分を、鈴の舌がまとわりついてねぶりまわす。唾液をたっぷり乗せてぢゅるぢゅると音を立てる巧みさだった。

「うわあ、鈴やっぱすげー。えろすぎ」

「かけっこではアキラちゃんに勝てないけど、えろえろは鈴がじょうずだもんね」

得意げに笑ったかと思えば、喉まで肉棒を呑みこむ。

熊谷は腰を遣い、狭くてぬめつく幼喉を突いた。

「んんッ、おぐぅ、おッ、ぱふぉっ……！」

鈴は目をぎゅっと閉じて苦しげな顔をしている。その一方で、ブルマ尻をヒクヒクともどかしげに震わせていた。

最奥を思いきり押し潰し、丸く腰を動かせば、ひどく淫靡な鼻声が漏れる。

「んぉおおおッ……！　おふッ、ぉあっ、はぁああ……！」

ひときわ大きく幼尻が弾んだ。

じわぁ……と、ブルマの股に染みが広がりゆく。

イッたのだ。入学から一年も経ってない幼子が。大人のペニスで喉を突かれて。しかも場所は校庭である。尋常な光景ではない。

「よーく見るんだぞ、アキラちゃん。鈴のドスケベっぷりを」

「アタシまだお口でイッたことないのに……鈴すっげ」

子どもたちの開発は膣だけでなく全身に及ぶ。口や喉も同様だ。精神的な昂揚と思いこみに加えて、肉体改造も施した結果である。

「アタシも鈴みたいになれるのかな」

淫らな同級生に憧れるのも暗示の成果だった。

「アキラちゃんならなれるよ、一流のエロ穴幼女にね」

「うん、なる！　なりたい！」

「いい子だね、たくさんキスしよう」

熊谷はアキラの口をまた吸った。舌もしゃぶる。アキラもしっかりと舌遣いを返してくれた。まるで恋人のように情熱的なベーゼ。

腰も振る。まだイッてないので海綿体はガチガチに硬い。鈴の柔らかく温かな口喉を壊さんばかりに激しく使った。

「んーっ、ぱッ、んまっ、れろれろっ、ちゅぢゅぢゅッ……」

鈴もただ突かれるだけではない。唇の締めつけを緩めたり強めたり、舌を使ったり、頬を削らんばかりにバキュームもする。上級生にも負けない奉仕スキルだ。

「ふう、いいぞふたりとも……いっしょに気持ちよくなろう」

熊谷はキスの合間に、スマートウォッチの音声認識機能に呼びかけた。

「ヘイ・ウォッチ、小宮鈴、大河原アキラ、バイブスイッチＯＮ」

先日のうちに仕込んでおいた機能が反応する。

布越しの振動音がふたつ聞こえて、女児たちが同時に胴震いする。

「あっ、おふッ、ぉあああぁッ……！　ぇあっ……！」

「おー、やべえ、やっべ、ま×こビリビリやべえ、おおぉ……！」

幼げな肢体がふたつそろって喜悦に悶えた。ただでさえ子どもの体温は高いのに、運動直後で性感刺激まで受けて発熱していく。抱きしめたアキラはもちろん、ペニスに感じる鈴の粘膜も熱い。

必然的に熊谷も汗をかく。中年特有の脂ぎった汗を垂らして、娘のような年齢の女児を性的に貪《むさぼ》る。醜悪で浅ましい地獄めいた行為だった。

だからと言って止まるはずもない。

「いいぞぉ、出すぞっ、濃いザーメン出すぞぉ……！　鈴はぜんぶ飲めっ、アキラはイキながら見ろっ……！」

「んんっ、出ひてぃーよ、ぱぱ、出ひてっ」

「んっ、やっべイクっ、アタシイクぅううッ……！」

熊谷はアキラの口舌を味わいながら、鈴の幼喉を思いきり突いて、果てた。

びゅーびゅーと爽快な放出感に身を委ねる。

子どもに射精する外道《げどう》の悦びを満喫する。

「おぐっ、んぐっ、んーっ、んんーッ……！　おいひい、せーしおいひい……！」

味覚すら書き換えられて鈴が舌鼓《したつづみ》を打つ。

「れろれろっ、んちゅっ、ちゅっ、クマさん、きもちいいぃ……」

ボーイッシュな表情を忘れて媚びた顔でアキラもまたよがる。

どちらもまだ貪り足りない。

青空の下の校庭で、三人はますます汗にまみれていくのだった。


一年生のふたりに二発ずつ精を出しても熊谷の逸物は健在だった。

「パパ、まだやる？」

「アタシはもっとやりてーです」

鈴とアキラは名残《なごり》惜しげだが、体育の授業が終わったので教室に戻した。

できれば学業を通じて一般常識も育《はぐく》んでほしい。熊谷は常々そう考えていた。鬼畜なりの良識――では、ない。

適度に一般性があったほうが興奮する。それだけの話だ。

「でも汗をかいた女児はいい匂いがするな」

健康的で若々しい細胞の香りは甘酸っぱくて、鼻で酔いしれてしまう。

熊谷は体育館を訪れることにした。

おりよく五年生の授業がはじまるところだった。バレーボールをするらしく、コートにネットが立っている。

あらためて眺めてみると、五年生ともなると一年生よりスタイルがいい。手足が長い一方で肉づきはともなっていない。一般的な大人であれば「棒のよう」と色気のない表現をするところだ。これを「よけいな曲線のない完成された美」と感じるのはロリータコンプレックスゆえか。

「特別指導対象の生徒は集まってください」

熊谷の号令で集まるのは三名。

水科姫子。言わずと知れた大財閥のお嬢さま。

朽木《くちき》椎菜《しいな》。小柄で眼鏡でオドオドしている。胸の発育はいい。

百合沢《ゆりさわ》璃《り》々。大人びた笑顔ながら皮肉が多い。骨盤と尻が大きめ。

そろって熊谷のお眼鏡にかかった美少女たちである。

「今日は奉仕活動のお手本を水科さんに披露してもらいます」

101-8405

書籍のご注文は84円
アンケートのみは63円
切手を貼ってください

東京都千代田区神田三崎町2-18-11

二見書房・M&M係 行

ご住所 〒

TEL - - Eメール

フリガナ

お名前

(年令 才)

※誤送を防止するためアパート・マンション名は詳しくご記入ください。

22.10

愛読者アンケート

1 お買い上げタイトル（　　　　　　　　　　　　　　　　　　）

2 お買い求めの動機は？（複数回答可）

□ この著者のファンだった　□ 内容が面白そうだった
□ タイトルがよかった　□ 装丁（イラスト）がよかった
□ あらすじに惹かれた　□ 引用文・キャッチコピーを読んで
□ 知人にすすめられた
□ 広告を見た　　（新聞、雑誌名：　　　　　　　　　）
□ 紹介記事を見た（新聞、雑誌名：　　　　　　　　　）
□ 書店の店頭で　（書店名：　　　　　　　　　　　　）

3 ご職業

□ 学生 □ 会社員 □ 公務員 □ 農林漁業 □ 医師 □ 教員
□ 工員・店員 □ 主婦 □ 無職 □ フリーター □ 自由業
□ その他（　　　　　　　　　　　　　　　）

4 この本に対する評価は？

内容：□ 満足 □ やや満足 □ 普通 □ やや不満 □ 不満
定価：□ 満足 □ やや満足 □ 普通 □ やや不満 □ 不満
装丁：□ 満足 □ やや満足 □ 普通 □ やや不満 □ 不満

5 どんなジャンルの小説が読みたいですか？（複数回答可）

□ ロリータ　□ 美少女　□ アイドル　□ 女子高生　□ 女教師
□ 看護婦　□ ＯＬ　□ 人妻　□ 熟女　□ 近親相姦　□ 痴漢
□ レイプ　□ レズ　□ サド・マゾ（ミストレス）□ 調教
□ フェチ　□ スカトロ　□ その他（　　　　　　　　）

6 好きな作家は？（複数回答・他社作家回答可）

（　　　　　　　　　　　　　　　　　　　　　　　　　）

7 マドンナメイト文庫、本書の著者、当社に対するご意見、
ご感想、メッセージなどをお書きください。

ご協力ありがとうございました

↓ この線で切

●隣のお姉さんはエッチな家庭教師[21002 720円]

【阿里佐 薫】(ありさ・かおる)

●母乳しぼり わいせつミルクママ[22005 720円]

【綾野 馨】(あやの・かおる)

●AI妊活プロジェクト 僕だけのハーレムハウス[22120 720円]
●アイドル姉と女優姉 いきなり秘蜜生活[21161 740円]
●両隣の人妻 母乳若妻と爆乳熟妻の完全奉仕[21050 720円]
●ハーレム・ハウス 熟女家政婦と美少女と僕[20121 719円]
●【連鎖相姦】義母+姉 淫欲のハーレム[20036 719円]
●熟母と隣の未亡人 二人のママと……[19109 694円]
●幼馴染みと純真少女 エッチなおねだり[18157 722円]
●ハーレム下宿 美熟女と美少女と僕[18017 713円]

【鮎川りょう】(あゆかわ・りょう)

●秘湯の巨乳三姉妹 魅惑の極上ボディ[22072 720円]
●田舎の未亡人教師 魅惑の個人レッスン[21126 720円]

【石神 珈琲】(いしがみ・こーひー)

●幼馴染みに無理やり女装させられたら覚醒しちゃったんですけど[21086 720円]

【イズミ エゴタ】

●人妻同級生 憧れの誘惑体験[18124 722円]
●ハーレム不動産 美人女子社員だらけの営業所[17184 713円]

【伊吹 泰郎】(いぶき・やすろう)

●男の娘いじり 倒錯の学園祭[22104 720円]
●快楽温泉 秘蜜のふたり旅[22004 720円]
●流転処女 時を超えた初体験[21105 720円]
●クソ生意気な妹がじつは超純情で[21019 720円]
●剣道部の先輩女子 放課後のふたり稽古[20138 719円]

【上田 ながの】(うえだ・ながの)

●女体開発 闇のセックス体験講座[22086 720円]
●女体化変態絶頂 闇のイキ果てアイドル[22037 720円]
●魔改造 淫虐の牝化調教計画[20139 705円]
●悪魔の治療室 禁断の女体化プログラム[19017 694円]
●奴隷契約 恥辱の女体化ペット[17134 686円]

【佐伯 香也子】(さえき・かやこ)

●上流淑女 淫虐のマゾ堕ち調教[21142 720円]
●奴隷花嫁 座敷牢の終身調教[20175 819円]
●秘儀調教 生け贄の見習い巫女[20050 719円]

【桜井 真琴】(さくらい・まこと)

●分校の女教師[22095 720円]
●内閣〈色仕掛け《ハニートラップ》〉担当局[21155 740円]
●灰色の病棟[21061 720円]
●女性社長 出資の代償[21013 740円]
●七人の人妻捜査官[20115 719円]
●人妻 夜の顔[20063 719円]
●下町バイブ[19029 722円]
●人妻 交換いたします[18118 722円]
●彼女の母と…[18043 722円]

【沢渡 豪】(さわたり・ごう)

●清楚アイドル蟻地獄[18001 694円]

【東雲にいな】(しののめ・にいな)

●俺の姪が可愛すぎてツライ[22071 720円]

【鈴川 廉平】(すずかわ・れんぺい)

●孕ませ性活 熟乳ママと悪魔のような少年[21021 720円]
●美母と二人の若叔母を寝取られた僕[19127 694円]
●寝取られ義母 禁断の三角関係[18031 686円]

【澄石 蘭】(すみいし・らん)

●僕専用ハーレム女子寮 ナマイキ美少女に秘蜜の性教育[22070 760円]
●処女の甘い匂い 僕のハーレム黄金時代[18049 686円]

【津村 しおり】(つむら・しおり)

●青春R18きっぷ 大人の冬休み 女体めぐりの旅[22021 740円]
●【青春R18きっぷ】夜行列車女体めぐりの旅[21051 740円]
●青春R18きっぷ みちのく女体めぐりの旅[20156 728円]

【露峰 翠】(つゆみね・みどり)

●憧れのお義姉ちゃん 秘められた禁断行為[22136 720円]
●ときめき文化祭 ガチでヤリまくりの学園性活[21162 720円]
●ときめき修学旅行 ヤリまくりの三泊四日[20122 705円]

【殿井 穂太】(とのい・ほのた)

●処女覚醒 ふしだらな遺伝子[22105 720円]
●少女中毒【父×娘】禁断の姦係[21183 720円]
●痴女の楽園 美少女と美熟母と僕[21004 740円]
●教え子 甘美な地獄[20105 719円]
●妻の娘 獣に堕ちた美少女[20002 705円]
●鬼畜転生 愛娘の秘密[19071 694円]

【成海 光陽】(なるみ・こうよう)

●放課後奴隷市場 略奪された処女妹[20069 705円]
●美少女略奪 放課後奴隷倶楽部[19051 694円]

【葉月 奏太】(はづき・そうた)

●奥さん、丸見えですが…[22124 720円]
●僕の上司は人妻係長[22063 720円]
●誘惑は土曜日の朝に[21194 720円]
●隣室は逢い引き部屋[21121 720円]
●親友の妻は初恋相手[21014 740円]
●私の彼は左向き[20165 719円]
●人妻のボタンを外すとき[20095 719円]
●淫ら奥様 秘密の依頼[20029 694円]

→ この線で切り取ってください

↑ この線で切

取ってください

← この線で切り取ってください

●夢か現か人妻か[19193 694円]
●もうひとりの妻[19119 694円]
●いきなり未亡人[19009 722円]
●人妻 やりたいノート[18135 722円]
●奥さん、入りますけど。[17197 740円]
●奥さん、透けてますけど。[17113 722円]
【葉原 鉄】(はばら・てつ)
●生意気メスガキに下克上！[22023 720円]
【羽村 優希】(はむら・ゆき)
●淫獣学園 悪魔教師と美処女[22135 720円]
●氷上の天使 悦虐の美姉妹強制合宿[21124 720円]
●[完堕ち]アイドル養成学校処女科[20104 705円]
●美少女の生下着 バドミントン部の天使[19182 694円]
●鬼畜教室 狙われた清純少女と女教師[18107 722円]
【藤 隆生】(ふじ・りゅうせい)
●M女子学院ゴルフ部巨乳特待生 闇の絶頂レッスン[21106 730円]
●人妻巨乳バレーボーラー 寝取られM化計画[20034 719円]
【深草 潤一】(ふかくさ・じゅんいち)
●嫁の姉 誘惑の夜[18186 694円]
●淫ら義母 乱れる[18101 694円]
●隣りの人妻 誘惑の夜[17178 694円]
●清楚妻 ほんとは好き[17063 694円]
【星 悠輝】(ほし・ゆうき)
●折檻義母とご褒美ママ[19183 694円]
【星名 ヒカリ】(ほしな・ひかり)
●保健の先生がこんなにエッチでいいの?[21182 720円]
●美叔母と少年 夏の極上初体験[20155 705円]
【真崎 好摩】(まさき・こうま)
●僕が寝取った人妻奴隷[19037 694円]

●お嬢さまの、脚は夜ひらく[19211 694円]
●人気女優の秘密[19120 694円]
●月影亭擦淫事件[19097 694円]
●美人教師の欲望[19030 694円]
【諸積 直人】(もろづみ・なおと)
●おさな妻 禁じられた同棲[22052 720円]
●青い瞳の美少女 禁断の逆転服従人生[21052 720円]
●双子の小さな女王様 禁断のプチSM遊戯[20068 705円]
●隣のおませな少女 ひと夏の冒険[19087 694円]
●禁じられた教育実習 清楚な美少女たちと…[18034 686円]
【柚木 郁人】(ゆずき・いくと)
●美少女変態怪事件[21160 740円]
●奴隷帝国ニッポン 牝奴隷調教機関[20035 719円]
●牝奴隷と牝化奴隷 幼い許嫁の完全調教[18156 694円]
●愛娘譲渡 悪魔の相姦調教[17153 694円]
【吉野純雄】(よしの・すみお)
●黒髪の媚少女[21181 720円]
【綿引 海】(わたびき・うみ)
●少女の花園 秘密の遊戯[22053 720円]
●なまいきプリンセス 姪っ子とのトキメキ同居生活[21107 720円]
●美少女島 聖なる姉妹幼姦[20173 728円]
●いじめっ娘ペット化計画[20051 719円]
●はいから姉妹 地下の拷問部屋[19148 694円]
【素人投稿編集部】
●禁断告白スペシャル 忘れられない相姦体験[22137 720円]
●禁断告白スペシャル 旅で出会った夏熟女たち[22123 720円]
●禁断告白スペシャル 昭和・平成・令和 淫らな出逢い[22106 720円]
●禁断告白スペシャル 背徳の秘習―逆らえない性の掟[22073 720円]
●禁断告白スペシャル 熟年相姦体験[22040 720円]

●素人告白スペシャル 背徳の人妻懺悔録[19110 694円]
●激ナマ告白 隣の奥様の秘密[19088 694円]
●禁断の相姦白書 禁忌を犯した熟女たち[19072 694円]
●熟年白書 人妻のぬくもり[19053 694円]
●素人告白スペシャル 食べごろ奥様の性生活[19039 694円]
●熟女告白 誰にも言えない痴態[19018 694円]
●相姦体験告白 故郷の性生活[19003 694円]
●人妻白書 禁断の昭和回顧録[18194 694円]
●熟女告白 私が人妻にハマった理由[18158 694円]
●熟女告白 不適切な関係[18085 686円]
●人妻告白スペシャル 初めての衝撃体験[18050 686円]
●激ナマ告白 貞淑妻の淫らな好奇心[17154 686円]
●激ナマ告白 貞淑妻の不適切な交際[17118 686円]
●素人告白スペシャル 禁断の人妻懺悔録[17086 686円]
●相姦告白 田舎のどスケベ熟女[17050 686円]
●激ナマ告白 隣のいやらしい人妻たち[17017 686円]
●相姦白書 禁断の昭和回想録[16195 686円]
●濃厚熟女体験 あの夏の禁断の夜[16123 648円]
●豊満超熟白書[16092 648円]
●女教師 禁断【タブー】体験告白[16059 648円]
●塾妻告白 おいしい不倫[18018 686円]
●人妻告白スペシャル 人に言えない淫らな体験[17185 686円]
【性実話研究会】
●禁断レポート 感じすぎてしまうオンナたち[18177 694円]
●素人告白スペシャル 熟年世代の回春体験[18141 694円]
●禁断白書 ハラスメントな奥様たち[18125 694円]
●熟年相姦 濡れた母の柔肌[18108 694円]
●禁断レポート 痴女妻[18065 686円]
●禁断告白 奪われた母の操[18035 686円]

ってください

「わかりました。みなさん、見ててください」

姫子は臆することなく進み出て、熊谷の前で膝をついた。

まずは鼻を近づけて息を吸う。一年生たちと交わったあとの異臭を嗅ぎ、うっとりと目を細めた。彼女には性臭を好む暗示がかかっている。

「どんな匂いかな？」

「ちょっと酸っぱくて、青臭い感じがするけど、吸ってると頭がぼんやりして気分がよくなってきます……」

「好き？」

「はい、毎日吸いたいです」

答える最中もくり返しペニスのそばで鼻を鳴らしている。

その様子に朽木椎菜は眼鏡越しの目をおずおずと向けていた。

「姫ちゃん、ほんとに……？　嗅いでもオエッてならない？」

「はい……すぐにでもお口でご奉仕したくなる香りです」

「お口でご奉仕……動画でやってたやつ……」

椎菜は生唾を飲んだ。奥手な彼女には羞恥心を残したまま性的好奇心を強める暗示をかけておいた。限界まで欲求が高まったとき、熊谷は彼女の処女をいただくつもりである。現段階では簡単な自慰指導しかしていない。

「じゃあ、姫子、そろそろ奉仕しろ」

「はい、おじさま」

呼び方が以前と違うのは姫子の自発的な変化だ。指導が進むうちに自然と様づけで呼ぶようになっていた。

「それでは失礼して、触らせていただきます」

男根に触れる手も恭《うやうや》しげで、先端に口づけをする様にも畏敬の念が窺える。

「ちゅっ……ちゅううぅううぅうう……ちゅっちゅっ」

「おぉ、いいぞぉ……！　愛情を感じられて気持ちいいぞぉ」

「よかった……おじさまにはたくさん気持ちよくなってほしいです。事故で大変な目に遭ったぶん、私にたくさんご奉仕させてください……ちゅるるッ」

キスをするごとに姫子の表情が多幸感に溶けていく。

水音が大きくなるのは、自然と彼女の口内の唾液が増えているからだ。

間もなく、べろり、ねちゅり、と亀頭に舌が絡《から》みついてきた。まるでタコの触手のように絡みつく巧妙な舌遣いに、熊谷は天を仰いで感嘆する。

「ほおぉお……！　小五女児のフェラチオと思えないぐらい気持ちいい……！　おま

えたちもよく見るんだぞ？　チ×ポはこれぐらいおいしそうになめるんだ」

「ほんまにおいしそう……姫ちゃんはおち×ちんそないにお好きなん？」

百合沢璃々がはんなりした訛《なま》りで問いかける。

「はい……ちゅぢゅっ、れろれろッ、ちゅむっ……おじさまのおち×ぽ、私が奉仕したらどんどん熱くなって、先からヌルヌルしたのが出てきて、悦んでくれてるのがわかるから……私ももっとがんばろうって思えるんです」

「ええなぁ。姫ちゃんがそないに夢中やなんて、すごいなぁ。教官さん、うちも水科さんといっしょになめたらあかんかしら？」

璃々は瞳の大きな目を潤ませ、熊谷と姫子の顔を交互に見た。

「いいだろう、おいで」

「どうぞ、璃々ちゃん。いっしょにおじさまを気持ちよくしてあげましょう」

「ほな、お邪魔します」

姫子と璃々ははにかみ笑いを交わし、一本の肉竿を口舌で共有した。

ふたりは五年生で双璧をなすお嬢さまコンビである。どちらも物腰柔らかで利発なお子さまだが、姫子にくらべると璃々は内面に苛烈さを宿している。ＳＮＯがなければうれしげにフェラチオすることなどありえなかっただろう。

「男のチ×ポなめるとか璃々ちゃんは嫌じゃないの？」

「そこらへんのおち×ちんとかは絶対イヤやけど……汚らしいやん？」

璃々は荒淫な父親の影響で異性に嫌悪感を抱いていた。

穢れた欲望を抱いた大人の男も、幼稚な精神性の男子も。

拒絶するときは笑顔で辛辣《しんらつ》な皮肉を飛ばす、そんな少女なのだが。

「教官さんだけは別やで？　うちが尊敬してる男のひとは他におらんから」

熊谷を見る目だけは皮肉抜きの敬愛に満ちている。当然ながら暗示の成果だが、男嫌いの彼女に浸透させるまでひどく時間がかかった。敬意を抱かせるまではなんとかなっても、性的行為への嫌悪感はさらに根深かったのだ。

暗示成功の鍵は姫子である。

「ふたりで亀頭を集中的になめろ」

「はい、おじさま」

「舌が当たってまうかもしれんけど、ええかな姫ちゃん？」

「うん、気にしないで。いっしょにおじさまを幸せにしてあげよ？」

姫子の許可を得られると、璃々の顔が格段に輝いた。

亀頭をなめ、舌と舌で触れあうとますます嬉々として口がうごめく。

璃々にとっては姫子と同じ行為が悦びである。姫子と触れあうことがなによりの快楽である。

男嫌いの反動で同性に執着するのは少女期にありがちなことである。真性の同性愛者はかならずしも多くないが、熊谷にとってはどうでもいい。いまこの瞬間、男嫌いの美少女が自分の逸物に奉仕している事実が重要だ。

「椎菜ちゃんもこっちにおいで」

「わ、私も……？」

取り残されていた椎菜を手招きし、体育館の床に仰向けになる。ひんやりした木板が火照った体に心地よい。

「気持ちよくしてほしいんだ、かわいい椎菜ちゃんに」

「うん……がんばってみるよ、おとうさん」

臆病な椎菜の緊張を解きほぐすため、彼女には熊谷を父親と誤認させている。璃々同様に男子が苦手なタイプだが、嫌悪ではなく照れ屋だからである。そんな彼女が自然に接することができるのは父親だけだとか。

羞恥心は残しておいたので、顔を真っ赤にしている。

「私、ご奉仕まだ三回目だけど……上手《うま》くできるかな」

「だいじょうぶですよ、椎菜ちゃん。まずは軽くキスから試してみましょう」

「先っちょは敏感やから、軽くチュッて吸うだけで悦んでくれるで？」

三人は四つん這いになり、赤黒い怒張に顔を寄せた。

姫子と璃々の指導に従い、椎菜が尖らせた唇を近づけてくる。

ちゅ、と浅いキス。

無垢な唇が腺液で糸を引いた。

「いいよ、椎菜ちゃん。イイ子だね……気持ちいいよ」

「ほんと？　えへ、よかった……おとうさんに褒められた」

熊谷が頭を撫でただけで椎菜は他ふたりと同じように酩酊《めいてい》する。

ＳＮＯの効果は絶大だ。相手に応じて暗示内容をアレンジすれば効果が倍増する。

結果は小学生三人がかりのフェラチオだ。

「私は袋のほうにご奉仕しますね……あむっ」

姫子は竿を他のふたりに任せて、自分は陰嚢を頬張った。優しく舌で転がし、ちゅばちゅばと音を立ててしゃぶる。

「ほな、うちもやってみるわ」

「亀頭より優しくするんだぞ。ここは本当に敏感だからな」

「はーい、教官さん……はむっ、ちゅぱっ」

璃々まで玉袋を口に入れた。姫子と目があうと笑いあう。普段は大人びている少女たちだが、いまは年相応の無邪気さが感じられた。

そんな状況でも姫子は肉幹をしごくのを忘れない。

ごく自然に熊谷への奉仕をしている。

(俺が染めあげてやったんだ)

ひとりの女児を都合のいい性処理用具に変えてしまった。

言いしれぬ達成感に股間がはち切れそうだ。

「あっ、うわぁ、ち×ちん大きくなってきてる……！」

ひとり亀頭をなめ転がしていた椎菜が驚く。奉仕を継続してはいるが、舌を小さく出しておっかなびっくりなめるだけだ。くすぐったくなるような快感も、ほかの刺激とあわされれば何倍も大きく感じる。

コートではバレーボールがはじまっていた。

ブルマ姿の躍動を横目にすると、日常と非日常のギャップに笑ってしまう。

「おとうさん、楽しそう……私ももっとがんばります」

椎菜はうれしそうに目を細め、舌遣いをすこし大胆にした。彼女は生粋《きっすい》のファザコンである。口でパパと呼ばせただけの鈴と違い、本物の父親と誤認させている。本気で近親相姦に興奮しているのだ。

「よし、そろそろ次のお手本だ。姫子、ま×こ使え」

「はい、おじさま」

あえての乱暴な命令に、姫子は昂揚の色で頬を染めた。

玉袋に唾液を残して口を離し、仰向けになった熊谷の腰をまたぐ。

ブルマとショーツの股部分を横にずらすと、閉じたスジ割れが露《あらわ》になった。つぅぅ……と、透明な雫が細ももにしたたり落ちる。

「姫ちゃん、もうこんな濡れてはる……」

「おとうさんとのセックスだもんね、興奮しちゃうよね」

璃々と椎菜は顔を寄せて見入っていた。

「ふたりとも、あんまり見ないでください……」

「ダメだぞ、姫子。おまえはお手本になるんだから」

「そ、そうでした……ふたりとも、私がおじさまとセックスするところ、たくさん見てくださいね……」

恥じらいながらも取りつくろった笑顔で、姫子は体を落とした。

真上を向いた陰茎を手で押さえ、幼裂を上からこすりつける。

「はっ、あぁ……！　おじさまの、熱い……！」

「姫子のも熱いしマン汁ダラダラ垂れ流してエロすぎだなぁ。そんなに俺にま×こ使ってほしかったの？」

「それは……その……」

「恥ずかしがらないで言いなさい」

「はい……おじさまにおま×こ使ってほしくて、さっきからずっと濡れてました」

「よく言えたね。ご褒美にハメていいよ」

熊谷は姫子の腰をつかんで促《うなが》した。

ぐぷり、と亀頭の形に小穴が拡がり、結合が進んでいく。観客二名が目を丸くして見入っている。どちらも学年屈指の美少女なので、見せつけている側としても満足度が高い。

「こんなにちっちゃい子ども穴でも、しっかり慣らしていけば大人のチ×ポまるごと入るんだぞ？　璃々ちゃんも椎菜ちゃんもよく見てろよ。姫子はこの学校で一番チ×ポ慣れしたエロガキだからな、ほーら入るぞ、根元まで入るぞぉ……！」

「んっ、ぁあ、はぁんっ……！　んんんッ！」

ゆっくりと降下していたツルツルのお尻が中年の股ぐらに降着した。

「うわぁ……姫ちゃんのお腹、ボコッて盛りあがっとるわぁ……」

「おとうさんのおち×ちんの形、だよね……」

「ふたりとも、ただ見てるだけじゃなくてオナニーもするんだぞ。俺の中年チ×ポねじこまれるところ想像して女児ま×こいじりまくるんだ」

はい、とふたりは律儀に返事をして股を触りだした。意外だったのは、積極的だった璃々がブルマ越しで、奥手な椎菜がブルマの中に手を突っこんだことだ。

「ふたりをハメるときが楽しみだなぁ。姫子も楽しみだろ？　お友だちがみんな俺専用のハメ穴になるの」

「んっ、あんッ、はい……！　おじさまが幸せになるのが姫子の幸せです……！」

姫子は腰をねじまわしてみずから膣をかきまわしていた。

近ごろは穴が狭いだけでなく、膣肉が粘りつくように絡みついてくる。継続的に挿入してきたせいか、襞粒が以前より肥大化しているようだった。

柔らかな障害物が無数に群がって海綿体をなめしゃぶる。

ペニスにとって気持ちいいばかりではない。姫子にとっても襞肉の神経が刺激されて、よがり方が大きくなっていく。

「あんッ、あああッ、ぁおッ……! おじさまっ、いいですッ、セックスどんどん気持ちよくなって、ひんんッ……!」

ブルマ姿の小学生が自分の上で喜悦している。上の口も下の口もヨダレがとめどなく垂れ落ちていた。お上品なお嬢さまにあるまじき失態だ。

「璃々、金玉が姫子のマン汁で汚れてるからなめて綺麗にしろ」

「姫ちゃんのマン汁……ほな失礼して、ちゅばっ」

璃々は同性の体液を味わうべく、喜び勇んで陰嚢をしゃぶりだした。這いまわる舌のくすぐったさと、わずかに伝わる圧迫が、男の本能をかき立てる。

「ちゅくちゅくっ、ちゅむっ……れろれろッ、ぢゅばぁぁッ……」

「そうだ、マン汁をすすって音を立てるんだ。おお、いいぞぉ……!」

そろそろ全員を味わってしまいそうだが、このまま出すのはもったいない。せっかく三人いるのだから全員を味わいながら達したい。

「椎菜、こっち来い。キスするぞ」

「キスって……私が、おとうさんと……? きゃっ」

逡巡する椎菜の細い手を強引に引っ張り、熊谷は唇を奪った。

当然、舌を入れる。当然、小学生の唾液を味わう。

「おとうさっ、んちゅっ、ぇあぁ……！」

椎菜も自分から舌を絡めてくる。愛する父親との大人のキスにあっさりと酔いしれ、股いじりもさらに激しく水音を立てていた。

全員の快感が高まり、絶頂を間近に控えていた。

「ぁああッ、おじさま、おじさまっ……！　いつでも出してっ、おじさまぁ……！」

「ふたりともヒクヒクしてはる……！　イクん？　イッてまうん？」

「おとうさんっ、好きっ、ちゅっちゅっ、大好きっ、結婚したいっ……！」

子どもの喘ぎと高い体温に囲まれて、熊谷の股間がついに爆発する。

「イクッ、おぉおッ、中出しするから見てろッ……ぐッ！」

射出液が矢のような勢いで最奥を突いた。

その一撃に姫子も薄い体を震わせて達する。

「んっイクッ！　イクイクッ、イキますッ、んぁあああっ！」

全身の動きと同期して膣肉もうねり、精子を根元から搾り取ろうとしていた。

その様を見ていた璃々も連鎖的に総身を律動させる。

「姫ちゃん、可愛い……！　うちもいっしょに、いっしょにぃ……あぁんッ！」

痙攣しながらも、陰嚢をなめたくって精子量産を促す。

椎菜もまた、熊谷の舌を口いっぱいに頬張って頂点を極める。

「おとうさんっ、おとーさんっ、すきぃいいいッ……！」

イキ様に慣れた感があるのは、普段から自慰に耽っているためかもしれない。

三者三様の女児アクメ。

体育館で、ブルマを着せて。

「夢みたいだなぁ」

SNOを手に入れてからずっと幸せな夢を見ているかのようだ。

ランドセル年齢の女児を食い散らかす醜悪な至福の夢。

かつて恋人がいた試しもない肥満中年にぴったりのおぞましさだ。

「でも、まだまだ終わらせないぞ」

熊谷はさらに五年生の三人を貪《むさぼ》るべく腰を動かしはじめた。


くりかえすが、熊谷の人生に恋人がいたことは一度もない。

ずっとモテなかった。

女子にたまたま手が触れただけで悲鳴をあげられたこともある。

だがSNOの魔力で状況は一変した。

「今日は校外実習だ。キミたちには俺の恋人として、あの建物に入ってもらう」

指差す場所は黒と灰色でシックに彩《いろど》られたビルだった。

外装と裏腹に派手なネオンの看板には「ＨＯＴＥＬ」の文字がある。入り口前の看板には宿泊料金とはべつに休憩料金が表示されている。

不思議そうに小首をかしげるのは堤エルナ。

「ホテル……？」

「ラブホテルという特別なホテルでね、入っていいのは恋人同士だけなんだよ」

説明しているだけで股間が熱くなった。

男女でセックスをするためだけの建物に、子どもといっしょに入る。その異常性、背徳感が、熊谷の興奮をこれでもかとかき立てていた。

「じゃ、だーりんといっしょに入るね……」

エルナは熊谷の腕にしがみついてきた。

今日は制服でなく私服で着飾ってきている。

白レースの大襟にゆったり袖の黒いミニワンピース。すこし底の厚い黒ローファーに短い白のレースソックス。

ゴシックな雰囲気の香る衣服は北欧系の神秘的な顔立ちによく似合う。まるで童話のお姫さまのようだ。

そんな愛らしい女児とラブホテルに入るなど世間は絶対に許さない。

しかもエルナだけではない。

三年生から見つくろった美少女がふたり、いっしょに来ている。

警察が飛んでこないのは例の如くSNOの力である。音波だけで広範囲に影響を与えるようPCで暗示設定をいじっておいたのだ。

熊谷の行動に違和感を覚えない程度の弱い暗示だが、いまはそれで充分。

「さあ、ついてきなさい」

入り口に「休業」の札が下がっているのは熊谷の指示である。数日前に従業員から芋づる式に経営者まで洗脳しておいたのだ。

なんの不安もなく女児三人を連れてラブホテルに入った。

貸切状態で一番ムードのある部屋を選んだ。

一番広く、紫と桃色に埋めつくされた部屋。

「うわあ！　クマちゃん見て見て！　ベッド、ベッド！　すっごい大きい！」

歓声をあげてベッドに飛びこむのは伊豆倉《いずくら》アズキ。三年生でもとくに小柄で、そのぶん声が大きくて元気いっぱい。中華風ワンピースにお団子頭もよく似合う。

「そうだね、たくさん動いてもいいように大きなベッドなんだよ」

「動く？　遊ぶ？　なにする？　なにする？」

「もちろんアズキちゃんも大好きなアレをするんだよ」

熊谷は盛りあがったズボンの前を突き出して見せつけた。

たちまち元気だったアズキが顔を真っ赤にして、はにかみ笑いを浮かべる。

「アレするの……？　そっか。クマちゃんとアレするんだ……えへへ、えへへ」

ベッドの上で顔を手で覆い、右へ左へ転がる姿がいとおしい。

「お風呂、すけすけ……」

エルナはガラス壁に囲まれたユニットバスを気にしていた。

「汗をかいたらシャワー浴びようね。たくさん汗かくようなことするからね」

「する……だーりんと、いっぱい好き好きする……」

すべすべむにむにのほっぺたがリンゴのように赤くなる。エルナは中学年の生徒でもとくに開発が進んでいるので、反応も艶っぽい。

わかりやすいリアクションのふたりにくらべ、最後の一名はひと味違った。

多聞春音《たもんはるね》はそっぽを向いて唇を尖らせている。

「春音ちゃん、どうしたの？　恥ずかしい？」

「べつに」

短い返事に無愛想な態度。ヘッドホンをつけたままなのも話を聞く気がないように見える。低めにふたつくくった髪が赤茶けているのは、エルナと違って地毛だからではない。根元近くが黒くなっている。

春音は清楼学園初等部には珍しい不良生徒だった。

身につけているのはゆったりして丈の長いパーカーにデニムのミニスカート。オーバーニーソックスにブーツ。ほかのふたりよりラフな印象がある。

（まあ、それでも中身は子どもだけど）

熊谷はあえて春音を放置して、エルナとアズキに向きなおった。

「おいで、ふたりとも」

「うん！　クマちゃん好き！」

「私のだーりんだもん……」

抱きついてくる小さな体をふたつまとめて受け止める。

「ふたりとも俺の恋人だよ」

成人女性相手でも問題発言だが、ふたりは納得したように笑顔でうなずいた。もちろん暗示の作用だが、多少の嫉妬心は残しておくべきだったかもしれない。

ちびっこたちを抱《かか》えたままベッドに腰を下ろす。

「恋人ならこういうときどうするのか、エルナ、お手本を見せてあげて」

「うん……」

エルナは熊谷の首に手をまわし、恍惚とした顔を近づけてきた。

「だいすき……だーりん」

最初は唇と唇が触れるだけのお遊びのようなキス。それでも唇のサイズ差から彼女の小ささを感じて、熊谷はひどく昂った。

次いでエルナは唇をついばんでくる。何度もくり返しながら、もどかしげに腰を揺する。熊谷の太ももをまたいで、股間をこすりつけるかたちだった。

「だーりん……お口あけて」

熊谷が口を開けると、彼女も口をめいっぱい開けて舌を伸ばしてきた。

粘膜同士が触れあい、絡みあう。

ぐちゅ、ぐちゅ、ねちゅ、ねちゅ、と粘っこい水音を立てる。

「わあ、わあ、クマちゃんと堤ちゃん、ベロでちゅーしてる……」

アズキは熱烈なベーゼに見入っていた。エルナとは逆の太ももに股をこすりつけ、刻々と息を乱している。

すこし離れた場所でふて腐れている春音もチラチラと視線をくれた。言葉はなくとも、もじもじ動く細脚がなにより雄弁に彼女の興奮を語る。

ただし、アズキと春音にはまだ性知識を与えていない。自分で調べることもないよう厳命してある。

あくまで無知なままSNOを使って開発したのだ。

「アズキちゃん、お股はどうなってる？」

「なんか、超熱い……ぐちゅぐちゅってなってる……」

「じゃあ見せてみようか」

「えー、見るの？　クマちゃん、えっち！」

アズキは大袈裟に嫌がりながらも、中華風ワンピースの裾をまくりあげた。レモン色のショーツも下ろすと、割れ目とクロッチが粘糸でつながっている。

「あ、おもらし？　やだぁ」

「それ、おしっこじゃない……」

「エルナの言うとおりだぞ、アズキ。いつも膣トレしてると出てくるだろ？」

「うん、出る！　ネバネバしたのいっぱい！」

「そのネバネバしたのはどんどん出していこう。出せば出すほど女性ホルモンが分泌して可愛くなるからね」

うろ覚えの知識だが、エルナとアズキは目を丸くして感心していた。

「じゃあ、これしていい？」

アズキは人差し指を股に伸ばし、秘処に触れた。

「こーして、んっ、くりくりしたの指でいじると、んんッ、なんかジンジンして、ジンジン、ジンジンッてして、はぁ……ネバネバいっぱい出る！」

クリトリスをいじって快楽の息を吐く一桁年齢の少女。眼福だった。

小さな子どもが無自覚に性器を刺激することは珍しくない。彼女もご多分に漏れずだが、あと押ししたのはＳＮＯである。

――毎日こっそり股間のくりくりした粒をいじりたくなる。

そんな暗示をかけたので、アズキは授業中でもこっそり股いじりをしている。ついでにもうひとつ、肉体干渉もしておいた。

「皮をめくってよく見せてくれないかい？」

「えー、なんか恥ずかしいなー」

清楼学園の生徒は恥ずかしくても特別指導官の要求に逆らえない。

アズキは縦スジの頂点に被さった包皮をまくり、粘膜の真珠を披露した。

赤々と腫れあがった豆粒に、エルナがキスを忘れて目を奪われる。

「おっきい……」

「そうなの？　堤ちゃんよりおっきい？」

「そうだね、エルナよりもクリがおっきく膨らんでるね」

伊豆倉アズキの陰核は歴然と大きい。性器そのものが小さいので、よけいにギャップで大きく見える。集中的にいじりまわしてきたことに加え、ＳＮＯの干渉もあった。今後もどんどん大きく、そして敏感になっていくだろう。熊谷用のハメ穴を培《つちか》う膣トレは特別指導対象の日課だった。

付け加えると、膣口には拡張用のバイブが入っている。

「んっ、んんっ、剝いて触ると、なんかヤバい感じになる……！」

アズキは夢中でクリトリスをこすりまわした。その行為の意味がなんなのかも知らず、熊谷の太ももに幼汁を滴らせていく。

その様子を熊谷が舌なめずりで見守っていると、かぷ、と耳を噛まれた。

エルナが珍しく不満げに眉をひそめている。

「……私も、おっきくなったし」

熊谷の手をつかみ、自分の胸に導く。

ワンピース越しの乳房はあからさまに膨らんでいた。

つかんでみれば、手のひらがたやすく肉感に沈む。

「おお、本当に大きくなってるな。おっぱいトレーニングがんばったんだな？」

「うん……だーりんに触ってほしくて」

もともと大きかったバストがますます豊かに発育していた。下乳がたっぷりと弧を描いて垂れ下がらんばかりだ。以前も年齢不相応な膨らみではあったが、いまや揉みごたえもしっかりある大人の乳房になろうとしていた。

「いい子だねぇ。ご褒美にたくさんキスしながらいっぱい揉んであげるよ」

「やったぁ……だーりんに触ってもらえるの好き……」

服越しに揉みこむ。弾力よりも柔らかみが勝っていて、手の中で崩れて溶けるようだ。先端だけがコリコリと硬い。

指先ですばやく引っかくと、エルナの白い肌が瞬発的に震える。

「んっ、はぁ……さきっちょカリカリするの、好き……して……」

「いっぱいしてあげるから、ほら舌しゃぶって」

「んっ……ちゅぷ、ぢゅぢゅッ！　ぢゅるるるるるっ！」

熊谷が舌を突き出すと、エルナは小さなお口いっぱいにしゃぶりこんだ。吸い、なめまわし、乳首への刺激に甘い鼻息を漏らす。

「いいなぁ、いいなぁ、エルナちゃんいいなぁ。いっぱい触ってもらって……いいもん、私はクマちゃんのすごいとこ触りまくっちゃうし」

アズキは熊谷のズボンに手を伸ばした。ベルトを外し、ファスナーを下ろして、トランクスから怒張を引きずり出す。先走りで濡れた男根を片手でいじり、他方の手で陰核いじりをつづけて——ふと、思いつきでにやりと笑う。

「ネバネバ合体〜！」

触っていた手を交換し、愛液を逸物に、ガマン汁を秘処に塗りこむ。

「はえっ……！　なんかめっちゃ熱い……！」

如実《にょじつ》に反応するのは彼女自身だった。熊谷のペニスから出る汁が催淫作用を発揮するよう女子生徒たちには暗示しつづけている。

「クマちゃん、ジンジンぴりぴりアツアツで、なんかやばい……！」

「だーりん、先っちょもっといじめて……だーりん、だーりん」

中華風ワンピースと洋風ワンピースのふたりが膝上で悶える。

学年で選び抜かれた美少女たちの痴態が熊谷を熱くした。

ただひとり蚊帳《かや》の外の不良少女は、三人からすこし離れた場所で佇《たたず》んでいる。

「……ふぅ、ぅ、う……んぅ」

　春音のつまらなそうに尖らせた口から、ごく小さな声が漏れていた。

「どうしたんだい、春音ちゃん。こっちこないの？」

「……べつに、いい」

「あっそ。じゃあこうしたらどうかな？」

　熊谷はスマホを片手で操作した。春音の携帯音楽プレーヤーに接続し、ファイルを選択。ボリュームを二十パーセントあげて再生。

　たちまち春音の細身が震えあがった。

「んんんッ……！　待っ、やっ、だぁ……！」

　頬から耳まで赤くなり、泣きだしそうな顔でふらつく。

「おっと危ない」

　熊谷は手を伸ばして春音を引き寄せた。抱き留めるついでにヘッドホンを耳から下ろさせる。漏れ出る音を聞いたエルナとアズキが口を丸くして驚いた。

「わあ……だーりんの声、うらやましい」

「なになに？　多聞ちゃんずっとクマちゃんの声聞いてたの？」

「春音ちゃんは耳と性感が直結するように暗示しておいたからね。ほら、録音された声じゃなくて生の声はどう？」

震える春音の耳元に口を寄せ、ぺろりと耳穴をなめてささやいた。

ずっと間接刺激で酔いしれていた春音は、その刺激に耐えられない。

「んんッ！　んーっ！　んーッ！」

膝を震わせたかと思えば、その場に崩れ落ちる。シャアーとなにかの噴き出る音がして、カーペットに染みが広がった。

「あ……おもらし」

「わあ、多聞ちゃん、だいじょうぶ？　お着替えある？」

「やだ、やだ、見ないで……」

深くうつむいて何度もかぶりを振る春音。その頭を熊谷は優しく撫でてやった。

「小三で脳イキして潮吹きとか、春音ちゃんは淫乱の才能豊かだなぁ。だいじょうぶだよ、俺はそういう女の子大好物だから。すっごく犯したい」

「……ほんと？　嫌いじゃない？」

「大好きだよ。だって春音ちゃんも俺の恋人だからね」

見あげる少女の顔には先ほどまでの険がない。潤みきった目にあるのは思慕と欲情だ。そもそも、ふて腐れた態度も素直でないがゆえの照れ隠しにすぎない。彼女もＳ

NOによって心の底に恋愛感情を植えつけられている。

エルナはもちろんアズキも同様だ。

ここにいる三人と熊谷は恋人として愛しあう関係である。

三対一の歪《いびつ》な関係については疑問を抱かないよう洗脳済み。

「そろそろ本番だね。恋人同士の愛の営み、やっちゃうよ？」

熊谷はお手本としてエルナを抱くことにした。

ベッドに四つん這いにさせ、後ろから挿入する。準備万端に濡れそぼっていたので、一気に根元までねじこめた。

「あううッ……！　だーりん、深いっ……！　ぶっといぃ……！」

「こんなにぶっといのも入るんだから、子どもま×こも奥深いよなぁ」

膝を大きく開いて腰の高さを調整し、テンポよくトントンと最奥を突く。

「あんっ、あーっ、あーッ、だーりんとせっくす、だーりんとアソコでらぶらぶ、すきすき、だいすきぃ……！　んぁあああッ！」

「すごい、ち×ちん入ってるときのエルナちゃんの顔、なんか、すっごい可愛い」

よがるエルナの横顔をアズキが横臥《おうが》して眺めていた。彼女は片足をあげてクリいじりを継続中。膣に刺さった拡張用のバイブは熊谷の操作で振動中。

「そのうちアズキちゃんもパコってあげるから、たくさんラブラブしようね」

「するする、絶対するー！　んっ、あはっ、クマちゃんとラブラブずぼずぼするの想像したらすっごいビリビリッってきたぁ！　やべーのきちゃいそう！」

上機嫌のアズキと、エルナを挟んで逆側に春音がいた。

膝立ちで熊谷に寄りかかり、耳元に声を吹きこまれるたび痙攣する。

「春音も俺専用のハメ穴にしてやるぞ。ガキま×こ濡らして準備してろよ？」

「ふぅうッ、んーッ、やあっ、ひどい言い方、やだぁあ……！」

口先で嫌がりながら、春音は口からヨダレが垂れ落ちるほど耽溺《たんでき》していた。体に触れるまでもなく、熊谷の声だけで感じるように耳と脳が開発されている。

三年生のテーマは「改造」だ。

エルナは乳房を肥大化。

アズキは陰核を肥大化。

春音は聴覚と脳の鋭敏化。

SNOの可能性を拡げるための試みでもある。

「かわいい女児はみんな永遠に女児であればいいんだ……！」

腰をふりふり理想を語る。

ＳＮＯの力で幼い姿のまま成長を止める——それが熊谷の望みだった。

小さくて愛らしくて、好きにハメていいミニ便器を永遠のものにしたい。

「俺のための女児……！　俺のち×ぽハメるために生まれてきた子どもたち……！」

穢れた欲望を口にして腰を振った。

めちゃくちゃに突きまわした。白くて小さな幼尻を下腹で殴るようにして。

「あーッ！　ぉあッ、あおぉおッ……んんッ、だーりんッ、んぁあーッ！」

エルナは苦しまない。悦ぶように膣開発もつづけていた
悶えるたびにワンピースの裾がまくれていく。重力に引かれて真下に垂れた乳房を、アズキと春音が目撃して感嘆する。

「堤ちゃんでっかすぎ……！　おっぱいすごすぎ……！」

「やっぱりクマ先生も、大きいおっぱいが好き……？」

アズキと春音は年齢相応な平坦体型だ。

しかし熊谷は地響きのような低い声で春音の耳にささやく。

「ぺったんこの胸もかわいらしくて好きだよ。いずれ絶対にパコってあげるから、女児ま×こぐちゃぐちゃにして待っててね」

「んぁああぁッ……！　待ってるっ、待ってますっ、クマ先生好きぃ……！」

低めの声のほうが春音の脳は痺れやすい。

「クマちゃん見てっ、私もうイクからッ、くりくりしてイクぅうう ッ……！」

アズキは小さな脚をめいっぱい開けて自慰行為を見せつけていた。バイブによる膣責めと肥えたクリ豆いじり。縮れ毛一本ない幼い性器に、せわしなく動くちいちゃな子どもの手。どちらも熊谷にとっては素晴らしい目の保養だ。

昂揚感が爆発的に高まった。

「イクぞ、出すぞッ！　俺のこと愛してるなら全員いっしょにイケ！」

力をこめてエルナを犯す。おしゃれな私服でラブホテルに入ってきた、小さな小さな巨乳の恋人。純真無垢で、自分だけを愛してくれる彼女。恩を仇《あだ》で返すように乱暴な腰遣いだが、彼女は悦ばしげな嬌声で応じてくれた。

「いく、いく、いくぅ……！　だーりんといっしょにイクぅううッ……！」

「んっ、ううぅ、クマ先生、クマ先生……！　すきッ……！」

「クマちゃん見てっ、すっごいの来るからっ、あっすごっ、ヤバいヤバいぃぃッ」

三人の少女は同時に高まり、そして熊谷とタイミングをあわせた。

ビューッと精子が噴き出す。

一桁年数しか生きていない子どもの胎内を穢れで満たしていく。

「あーッ！　あーッ！　だーりんの熱いっ、熱いッ、イクぅうぅうぅうーッ！」

エルナは抱きしめた枕に柔らかほっぺをこすりつけ、長々と痙攣した。

「出る出るっ、またおもらししちゃうぅ、やだぁああ……！」

「私もッ、あっ、どうしよっ、ぁあああッ、ジョーッて出ちゃうううッ！」

春音とアズキは仲よく潮を吹いていた。それでいて、見つめる先は熊谷の股間。ビクビクと震えて体液を射出している結合部。

——うらやましい。

羨望と嫉妬の混ざった目を見て、熊谷はほくそ笑む。

「今日はお泊まりでパコパコしようか。エルナだけじゃなくて春音とアズキも、俺の本当の恋人になるんだよ」

親子ほども離れた相手にそう言われ、無邪気に子どもたちは喜んだ。

熊谷メモ４

大河原アキラ（一年生）

【容姿】身長120cm／体重22kg／さらさらのポニーテール／やや垂れ目だが勝ち気な眉と表情／イカ腹幼児体型／男女共用の半ズボン制服を好む。

【性格】見た目は少女的だが中身はやんちゃで少年的。

【SNO】全生徒共通の各種認識操作。常時バイブ挿入による膣拡張。

【備考】親友の鈴とレズビアン行為に及んでいるらしい。興味深いので放置。

水科姫子（五年生）※容姿、性格については熊谷メモ１を参照

【SNO】贖罪行為に興奮する傾向は順調。俺の性臭に発情する暗示も追加。

【備考】専用性処理係の指標として鋭意努力中。

朽木椎菜（五年生）

【容姿】身長140cm／体重34kg／黒髪三つ編み／眼鏡で目線を隠す大人しげな少女／胸は平均より成長気味。

【性格】内気で臆病、褒めるとはにかむ様が可愛らしい。

【SNO】俺を愛する父親と誤認させる。羞恥心を残したまま性的興味を増幅。

百合沢璃々（五年生）

【容姿】身長143cm／体重35kg／額を大きく出した黒髪セミロング／瞳が大きく常に目が濡れていて甘い雰囲気／やや尻肉ふくよか。

【性格】京都出身たおやか笑顔の皮肉屋。男子を嫌い、女子との触れあいを好む。とりわけ姫子に対しては特別な感情を抱いている模様。

【SNO】苦心の末、敬愛を形成。姫子とのセット運用が望ましい。

堤エルナ（三年生）※容姿、性格については熊谷メモ２を参照

【SNO】肉体改造技術の向上により乳房を肥大化中。感度も良好。

【備考】すでに幼馴染みのことは思い出しもしない模様。

伊豆倉アズキ（三年生）

【容姿】身長126cm／体重26kg／黒髪お団子×２／細目だが笑顔に愛嬌あり／学年でもかなり小柄な体軀。

【性格】活発で早口／ときに落ち着きに欠けるのも子どもらしさ。

【SNO】俺を恋人と認識。陰核の肥大化と過敏化によるクリオナ狂い進行中。

多聞春音（三年生）

【容姿】身長132cm／体重29kg／茶髪ふたつくくり／ふて腐れた態度ながら目が大きく可憐な顔立ち。

【性格】態度が悪く不良扱いされがちだが、実は年上に依存したい寂しがり屋。

【SNO】俺を恋人と誤認。催眠音声をヘッドホンで聴きつづけることで完全に依存対象と認識。また、聴覚と性感が直結。

●特記事項

肉体改造の最終目標は女児の加齢を止めることである。

子どもを子どものままにしておくため、生徒を使って実験を繰り返している。

より集中的に実験をおこなうために、実験体は一カ所に集中させるべきだろう。

第五章　クマ組特別カリキュラム

清楼学園初等部に新たなクラスが誕生した。
その名はクマ組。
学年にかかわらず、児童特別指導官が選出した生徒が所属する。
一年生、二名。最年少で極小のピュアな肉穴たち。
二年生、三名。年少組の膣拡張サンプルとして扱った実験班。
三年生、三名。熊谷と愛しあう小さな恋人たち。
四年生、四名。奉仕精神と従属性に特化した下僕班。
五年生、三名。水科姫子を筆頭にクマ組の指標となる者たち。
六年生、三名。特別待遇。
総勢十八名の女児が熊谷を見つめていた。

どの顔もため息がつくほど愛らしい。

学園でも選りすぐりの美女児ばかりだ。

「みなさんには毎日一回、この教室で特別な授業を受けてもらいます。ほかの時間は本来の教室で通常の授業を受けてください」

「えー、ずっとクマちゃんのクラスがいいよー！」

三年の伊豆原アズキが言うと賛同の声が次々にあがる。

みなが熊谷に懐《なつ》いていた。

だれもが熊谷を愛していた。

「ありがとう、俺もみんなのことが大好きだよ。でも、一般的な教養はつけておかないとね。俺が教えるのは普通じゃないことだから」

言いながら腰を振る。

当然のように全裸で、普通じゃないことをしていた。

一年の小宮鈴の膝裏を抱《かか》え、生徒たちに見えるよう抽送中である。

上下に揺するたびに甘美な鳴き声があがる。

「あっ、あっ、あーっ！　生ぱこせっくす、ぱこぱこえっち……！」

「どんな気分かもっとみんなに教えてやれ、鈴」

「気持ちぃーよ、みんな……あー、好き。パパとハメっこするのさいこー！」

鈴は両手でピースをして見せた。自慢げな笑みすら浮かべて性交の悦びを謳《うた》う。無毛の秘処は濁った愛液を滝のように流している。

クマ組で一番小柄な最下級生の痴態に、生徒たちは感心の声をあげていた。

「鈴ちゃん、もうクマ先生のおち×ちん入るんだ、いいなあ」

「私もがんばって膣トレしないと。先生にパコパコしてもらわないと……」

「気持ちよさそう……やっぱりせっくすっていいよね……」

だれもが上気した顔で見守っていた。

何人かは股間に手をやろうとするが、「こら」と熊谷が制止する。

「授業中のオナニーは俺が指示したときだけだぞ。いまはガマンして、よーく鈴のエロいとこ見てなさい」

「先生ひどーい。ガマンは体に毒だとおもいまーす」

「ガマンしたほうがあとで気持ちよくなるぞ？」

「ですよねー」

お調子者のおちゃらけた反応にクスクスと笑い声があがる。

和気藹々《あいあい》としたクラスだった。ごく一部に例外がいるが、それはあとまわしでいい。いまは愛する生徒たちに指導をすることが第一だ。

「みんなはまだ体が小さいけど、ちゃんとおま×こトレーニングをしたら、ほらこのとおり根元まで挿入できます」

「おヘッ」

鈴の体を落として最奥を突きあげる。子宮を押しこんで肉茎が根元まで入ると、鈴は天を仰いで痙攣した。目を丸くし、舌を口外に垂らし、だらしなくも艶美な顔で絶頂を貪っている。

「はい、このとおり感度も抜群。念のために言っておくと、これ悦んでます。な、鈴。いまどんな感じだ？」

「気持ちいいっ……気持ちよすぎて、死んじゃうぅ……！」

「ほらね、悦んでるでしょ？」

言いながら、また抽送を再開。

「んあッ、はひッ……！　パパっ、パパぁっ、んおっ、ぁあーッ」

「みんなにもこれぐらい感じやすくてハメやすいお手軽ま×こになってもらうけど、やっぱり小学生の穴は小さいからね。みんなちゃんと膣トレはしてる？」

はーい、と元気のいい返事がいくつも重なる。

「それじゃあ、今から告知したとおり検査します。みんなパンツを脱ぎ、机に座って脚を拡げてください」

生徒たちは立ちあがってパンツを脱ぐと、机に登って脚を開いた。ジャンパースカートをめくれば、ひとり残らず天然のパイパンだった。

「では順番に見ていくからオモチャの準備してね」

諸事情で六年生は飛ばして五年生からチェックしていく。もちろん鈴を抱えて突きあげながらである。

五年生は優等生の水科姫子を筆頭に、全員が普通サイズないし熊谷と同サイズのディルドを問題なく出し入れしていた。

四年生は個人差が大きいものの、すこしがんばれば普通サイズが充分に入る。

三年生は豊乳のエルナを筆頭に肉体改造の最先端である。四年生よりも大きいものが入るようになりつつあった。

三年生の肉体改造データを最大限活かしたのが二年生。体がまだまだ小さいので、すこしでもはやく挿入できるよう秘処を集中的に改造した。

結果から言えば、すこしやりすぎた。

一人目、蒲生比呂美《がもうひろみ》。某政党の元党首を祖父に持つ生粋《きっすい》のお嬢さま。

薄赤く波打った長い髪にぼんやりした目が愛らしい。

蝶よ花よと育てられ、おっとり甘えん坊に育った女児であるが。

「ん、んーっ、はへぇ……あへっ、おへッ、おま×こ、おま×こぉ」

手にしているのはイボつきディルド。サイズは熊谷の逸物と同程度。拡張と感度上昇が効きすぎたせいで面白いように入っていく。ぽっこりしたイカ腹にぽこりぽこりとディルドの形が浮きあがっていた。

「そんなにグリグリしたらおま×こ壊れちゃわない？」

熊谷もさすがに心配してしまう。

「きもちいいから、いいもんっ……こわす、おま×ここわす……！」

比呂美は出し入れするより、回転させてかきまわすのを好む。たまに引き抜くと膣がぽっかり開いて空洞になっていた。

「子どもなのにガバガバだな。ちょっと暗示を調整したほうがいいか」

反省しつつ、次に向かう。

二人目、細田《ほそだ》ぷる。大御所アーティストと元アイドルの子。

黒髪おかっぱ、目はすこし吊り目気味で意志の強さを感じる外見。

元気いっぱいだが鈍《どん》くさく、いじられがちなムードメーカー、なのだが。

に取っていた。

「おーイクッ、またイクッ！　アクメきますっ、やっばいアクメアクメアクメッ」

何度も絶頂に達し、ときには潮を吹く。このためにクマ組では机と机の感覚を広め
彼女が使っているのは歯ブラシのように長細いバイブ。先端が玉状になっていて、
その部分を子宮口に押し当てて中イキするのが彼女のお気に入りだ。

「連続アクメしんどくない？　無理しなくていいんだよ？」

「ぉおッ、アクメっ、イクッ！　おま×この奥っ、おくぅぅうッ！」

熊谷の声も届いていない。もはや完全にアクメ中毒だ。

「理性ぶっ飛びすぎなのは恐いな。日常生活が送れなくなったらつまらないし」

幼子の人生をブチ壊すのは正直すこし興奮するが、代償が大きすぎる。ある程度の
理性はやはり必要だと考えを新たにして、次の生徒に。

三人目、河合《かわい》美栗《みくり》。某社役員の娘。

愛想笑いで周囲にあわせる自信のない少女。

やや低めの位置でツインテールにした髪が最大限の自己主張、であったが。

「あっ、クマ先生、あんっ、あッ、えへへぇ、どうかな……？」

上目遣いにおもねりの笑みを浮かべている。手にしているのはL字型の小さめのバ

イブ。膣に挿入しつつクリトリスを吸引する代物だ。

「あっもうムリっ、クマせんせい見てっ、イクとこ見てっ、んんんんッ」

膝を激しくビクつかせて美栗は絶頂する。ゾク、ゾク、と背筋も震わせていた。

「ああ、しっかり見てるよ。美栗ちゃんのかわいいアクメ、これからもたくさん先生に見せてね」

「はぁい、見て見てぇ……！　またすぐイクから、あっ、あッ、あんんッ！」

二箇所同時責めで即また絶頂。他者の視線を意識すると興奮して感度が高まる。幼くしてなかなか厄介な趣味に目覚めたものだ。

「二年生は再調整が必要だけど、みんなおま×こ使えるようになって偉いね」

褒めてやると三人とも頬を赤らめて喜んだ。

みんな熊谷のことが好きなのだ。

「クマさん、アタシは？　アタシも褒めてよぉ」

ひときわ小さな女児が声をあげた。

一年生の大河原アキラ。鈴の友だちで男勝りの俊足自慢だ。

中性的な容姿だったアキラは、やはり元気よく手を振ってアピールしている。

「どれどれ……お、デカいディルド入るようになったな」

「だろだろ、クマさんサイズのやつ！　鈴と同じやつ！」

女児たちに配布している性玩具でも熊谷サイズのものは最大である。それ以上大きくすると熊谷のもので満足できなくなる可能性もある。

アキラはクマ組で二番目に小さな少女である。それが大人サイズの張形を出し入れして、ダラダラと愛液を垂れ流している。額に汗し、頰を赤らめ、少年的な笑みを媚びるような呆け顔で汚しながら。

「あっ、あんッ、アキラちゃんっ、あはッ、おそろいだね」

鈴は熊谷に揺らされながら、うれしそうに笑う。

「うん！　鈴とおそろい！　えへへっ、えひっ、んぉおッ……！」

仲睦《むつ》まじい女児たちを見ていると、熊谷の心によこしまな獣が浮上する。

ピュアな友情を劣情で穢したいと思った。

「じゃあ鈴のま×こ使ってイキそうになったら、ザーメンだけアキラに中出ししてあげようか。アキラも中出ししてほしいんだろう？」

「ほしいっ！　ち×ぽの汁、中に出されるの超すきっ！」

「あははっ、鈴の中にも半分出してくれなきゃイヤだよ？」

お菓子を奪いあうような無邪気さで雄汁をほしがる子どもたち。こういった光景を見たいからクマ組というクラスを作ったのだ。

股間に気合いが入る。

軽々と鈴を揺すり、狭苦しい小穴を隅々までえぐりまわした。

「あー、あッあッ、またイクっ、またイッちゃうっ」

大人の荒々しさと鈴の愛らしさにクマ組の視線が集まる。無知で無垢だが発情した目ばかりだった。自分の作りあげた狂った理想郷を実感し、射出欲が高まる。

「よしイけ、鈴ッ！　アキラもま×こ拡げて待ってろ！　友だち同士ザーメンを半分こするんだ！」

「うんイクっ、イクイクイク――ッ！」

「あたしも出されてイクっ、ち×ぽの汁でイクぅうッ……！」

鈴がオルガスムスに達した瞬間、熊谷もまた劣情の塊《かたまり》を解き放った。

三回脈動したら肛門と尿道に力を入れてせき止める。

すばやく前方のアキラに挿入し、射出を再開。

「はぁ、あぁ、パパのせーし熱いぃ……」

「ぁあッ、はーッ、ま×こどろどろぉ……マジきもちいーよぉ……」

アキラにはまだ亀頭分しか挿入できないが、中出しの快楽は極上だ。幼い童女の体内におのれの遺伝子を刻みこんでいる実感がある。

「妊娠……させてみたいな」

なにげなく呟《つぶや》いた言葉は自身の腹に落ち、染みこんでいった。


クマ組は特別授業だけでなく、週に三回は給食をともにする決まりだった。生徒たちは学年ごとに机を寄せあって給食を食べる。

その日、熊谷は三年のグループに席を置いた。もちろんこのときばかりは服を着る。熱いスープを股間にこぼしたら一大事だ。

「さすがに金持ちが多い私立校だけあって給食も悪くないな」

献立はチキンのトマト煮とシーザーサラダ、コーンスープ、白米、デザートのフルーツポンチ。とくにチキンがうまい。

「だーりん、あーん」

となりのエルナがチキンの切れ端を差し出してきた。ぼんやりした北欧ハーフ娘だが、恋人が好んで食べるものはよく見ているらしい。恋をすれば女は変わるとはよく言ったものだ。

「あーん」

「ん……えへへ。わたしも、あーん」

エルナが口を開けたので、熊谷はフルーツポンチのキウイを食べさせた。表情に乏《とぼ》しい少女だが、ほんのり頰が緩む。キウイが好物なのはもちろん、愛しあう男に食べさせてもらったのがうれしいからだろう。

「こっちもこっちも！　クマちゃんクマちゃん！　お米お米！」

お団子頭の伊豆倉アズキが白米を箸に乗せて差し出してきた。

「あーん」

「お米おいしいよね！　私も食べる！　あーんするから！」

アズキがエルナの倍ほども大口を開け、舌まで出してきた。

「はい、アズキちゃんもお米あーん」

「んー！　お米好きー！　カレーライス好きー！」

話が飛躍するのも子どもらしくて可愛らしい。

「……あげる、食べて」

多聞春音もチキンを突きつけてきた。目もあわせずにふて腐れた顔で、今日もヘッドホンをつけたまま。

半端に不良ぶった態度がむしろ微笑ましい。チキンを食べてやると頰を赤らめるのも女の子らしい反応だ。

「ありがとう、エルナ、アズキ、春音。俺なんかの恋人になってくれて」

「うん……だーりん、すき」

「わたしもわたしも！　すきすきー！　彼女彼女ー！」

「べつに、ほかに好きな子いないだけだし」

三者三様の愛情表現に熊谷の口元が歪む。洗脳で恋愛感情を誤認させておいてよく言うものだと、自嘲気味にふくみ笑いした。

誤認であっても当人たちが幸せであればマシだとも思う。

教室後方で腹の虫を鳴らしている三人にくらべれば天国だろう。

後方の掲示板に鎖と首輪でつながれ、犬のように四つん這いの少女たち。

クラスでもとくに背が高く、発育の進んだ体を下着姿でさらしている。

「お腹空いた」

ひとりが泣きだしそうな声で言う。

「意地汚いこと言わないで。まだお昼休みに入って十分程度じゃない」

ひとりがプライドを振り絞って言うと、残りふたりが不機嫌そうに言い返す。

「だって空いたんだもん！　フルーツポンチ食べたいんだもん！」

「あたしたちだけお預けとか最悪じゃん……」

「お黙りなさいよ！　性根から犬になってどうするのよ！」

奮起しているのは水科華乃。

姫子の腹違いの姉であり、六年生でも随一の美少女だ。

美意識の高い華乃は取り巻きにも外見のよさを求める。三人まとめてクマ組に入ったのも必然と言えば必然である。

問題は、華乃が愛人の子である姫子をいじめることだ。ＳＮＯがあればやめさせることはたやすいが、それでは芸がない。

そこで六年生班はお仕置き専用の犬扱いが決定した。

「……私たちがこんな目に遭ってるの、華乃ちゃんのせいだよ」

「な、なんですって」

恨みがましい反論に華乃は呆気にとられた。

「だって、華乃ちゃんが姫子ちゃん、いじめるからでしょ。ね、熊谷先生！」

少女は四つ足で熊谷に寄ってきて上目遣いに笑う。目がぱっちりしていて、犬のように従順な表情をする。ゆるふわなボブカットは小動物じみた印象だ。

乾《いぬい》真希《まき》。長いものに巻かれる性格で、以前はだれよりも華乃にへつらっていた。

「姉貴なのに妹をいじめるとか最悪じゃん、マジひでえ」

冷たく言うのは工藤桂花《くどうけいか》。

ショートカットで中性的な顔立ち。三人で一番の短身ながら、体つきはクラスで一番女っぽい。以前は華乃の傘下《さんか》でもっとも横暴に振る舞っていた。

「ふたりとも、なによ……！　いつも私の言うこと聞くのに！」

「熊谷先生、華乃ちゃんが恐いです。叱って、ね？」

「あーあ、熊谷さんに叱られる。こわぁ、やっべー」

醜い仲間割れにはSNOを使っていない。真希と桂花に熊谷への好意を植えつけ、三人に姫子いじめの件でお仕置きをつづけた結果である。

「三人とも、なんで仲よくできないんだ。仲直りしないとご飯食べさせないよ？」

「はーい！　華乃ちゃんごめんね、言いすぎちゃった、てへ」

「ごめんごめん、水科さんマジごめん」

元取り巻きのふたりは口先の謝罪をした。

「バカ言わないで！　私にあんなことを言っておいて、そんな謝り方で許せるわけないでしょう！　もっと本気で謝りなさいよ！」

華乃は怒っていた。憤《いきどお》りながらも顔立ちは崩れない。この期《ご》に及んで上品な表情を保てるのは大した物だと熊谷も感心した。

「お姉ちゃん……もうやめましょう。仲直りしましょう」

姫子が心配そうに眉をひそめて歩いてきた。給食を乗せたトレイを手に持って。

「おじさま、お姉ちゃんを許してあげてください。ご飯も、できれば……」

「うん、姫子はいい子だな」

彼女は愛人の子であることを散々なじられ、虐められてきた。犬扱いの姉を指差して笑ってもおかしくないのに、むしろ気遣ってまでいる。

「エルナたちはどう思う？」

「かわいそう……」

「うんうん、ちょっとときのどく！」

「……ま、ご飯ぐらいあげてもいいんじゃない？」

三年の恋人たちも善良な意見を口にした。

それがかえって華乃に屈辱を与えると、熊谷は理解していた。

「うるさい、うるさい！　バカにして！　みんなで私をバカにして！」

華乃は目に涙を溜めて怒鳴り散らした。罵倒よりも同情のほうが耐えがたい、それが水科華乃という少女なのだ。性悪ながら見あげた根性ではある。

「姫子、そのトレイをこっちに。給食係、あとふたり分持ってきてくれ」

熊谷の指示で給食係の生徒がトレイを持ってきた。

期待に目を輝かせる真希と桂花。

ひとり、華乃だけが歯がみをして睨みつけてくる。

「ほら、三人ともお食べ」

トレイを床に置いた。

「いただきまーす！」

真希と桂花は目を輝かせたまま、トレイに顔を寄せて犬食いした。

ペットは食事に手を使わない。そのように暗示しておいた。

クラス全員が違和感を抱かないようにもしておいた。

だから、華乃がますます怒りだすのは犬食いへの反感ではない。

「またバカにして！　あなたなんかの施《ほどこ》しはいりません！」

傲慢な女王さまは妹が床に置いたトレイをひっくり返した。コーンスープが姫子の靴を汚す。教室の空気が凍りついた。

だれもしゃべらず、華乃の荒い息遣いだけがやけに大きく聞こえる。

「だいじょうぶ、みんなは気にせず給食を食べて」

熊谷は手をあげてみなを安心させた。児童特別指導官の言葉で心が安らぐのは暗示を積み重ねた成果である。

「よし、ごちそうさま」

昼食は食べ終えると、三年の恋人たちに一回ずつお礼と愛情のキスをした。これからする行為の言い訳でもあった。

「それじゃあ、お行儀の悪い犬にお仕置きしようか」

「まあ、特別指導官さんのお手を煩《わずら》わせてしまってごめんなさい」

華乃は優雅に笑みを取りつくろいながら、熊谷を見あげる目は憎々しげである。クラスで唯一、彼女にだけは好意を刷りこんでいない。

これまで何度も犯してきたが、彼女の嫌悪感はそのままにしておいた。

「ほしいんだよね、ひとりぐらいムカつく悪ガキが」

熊谷は華乃の前に立ち、ズボンから逸物を取り出した。

「また私にいやらしいことするのね……この変態」

華乃は顔を引きつらせながらも見下すような態度を崩さない。この年齢にしては大した気丈さであるが……。

「腹を見せて股を開け」

「ひっ……や、いやっ……！」

華乃はその場で仰向けになり、大股を開いた。

すべてが丸見えだった。ほんのり膨らんだ胸に小さな乳首も、太いバイブが入った幼裂も。流れ落ちる露も。

「生意気なのは口だけだな」

反抗の意志も嫌悪感も彼女には残されている。ただ、命令には逆らえない。そのようにSNOで調整しておいたのだ。

熊谷はスマホでバイブのスイッチを入れた。

「あっ、やめッ、えひッ！　はへっ、あうッ、んんんんッ……！」

華乃は歯がみをして愉悦に耐えている。子どもにしては長い手足が発作のように跳ねた。秘処から流れる愛液量がどんどん増していく。

「すごく感じやすい……」

食事を終えたエルナが熊谷の腕にしがみつき、言う。

「そうだね、水科華乃ちゃんはド淫乱だからね。みんなもよぉく見てやれ。女王さまみたいに偉そうな華乃ちゃんがま×こいじめられて悦ぶみっともない姿を」

「こ、このっ、変態中年っ……！　気持ち悪いっ、ぃひッ！　んんんんッ、悦んでるわけなんて、なッ、あへっ、へんんんんッ！」

熊谷はバイブの底を踏みつけてグリグリとねじった。

ビクビクンッ、と狂ったように、幼さの残る腰が痙攣する。

「んんんんんんッ！」

「あらら、もうイッちゃった。この敏感さはみんなも見習おうね」

「はーい！」

素直に返事をする女児たちにくらべ、華乃は息を乱しながら呂律《ろれつ》のまわらない口で必死に挑発を投げてくる。

「ば、馬鹿馬鹿しい……！　あなたたち、どうかしてるんじゃ……んぐッ！」

華乃の言葉はうめき声に変わった。男根をねじこまれたのだ。

「よしよし、噛むなよ。これはお仕置きなんだから喜んで受け止めろ」

熊谷は華乃の口を性器に見立てて腰をゆっくり振る。

口内の粘膜をかきまわし、舌にガマン汁を塗りつけた。

温かくて、柔らかくて、唾液がたっぷり。心地よいハメ心地だった。

「んーッ！　んおッ、ふぁぷッ！　んむーッ！」

華乃は当然うめき声ばかりあげている。恥辱と息苦しさから耳まで紅潮しているが、熊谷を押しのける動きはない。

彼女に許されているのは反抗的な態度だけだ。

SNOに縛《いまし》められて、熊谷の行為を邪魔することはできない。

そればかりか、股を触れれば手がぐっしょり濡れるほど愛液を漏らしている。

「相変わらずいじめられて悦ぶドMだな」

「んっ、ぉひッ……！　ひ、違《ひが》うぅ……！」

「違わないだろ？」

肉茎が喉奥まで入りこむと、華乃のうめきが歪んでひしゃげた。

「ぉごおおッ……！　かふぁッ！　へうッ！」

苦しむ少女の股から次から次へと雫があふれる。

完全に呼吸を塞がれた状態で、ふいに薄い背が反り返った。

「んんんんんんんッ！」

女王のように振る舞っていた少女は屈辱のどん底と快楽の頂点を同時に味わう。

そう、少女である。

学園の初等部という環境では最年長だが、結局は子どもにすぎない。性悪な部分も
優しく受け止めて善良な方向に導くべき保護対象である。

そんな女児を下卑《げび》た欲望の捌《は》け口に使うのは、たまらない。

「出すぞ、飲め！」

「んぉおおおッ！　おぶッ、えおぉおッ……！」

熊谷は華乃の喉奥に射精した。

脈動が終わるまで腰を押しつけっぱなしである。

こぢんまりした頭を鷲づかみにして。ツンと尖った鼻を押し潰しながら。

「おおッ……！　気持ちよかったぁ……！　いい性処理穴だった！」

満足して逸物を引き抜くと、華乃が盛大にむせはじめた。床に精液と唾液を吐き散らかし、必死に呼吸を整える。

落ち着いたら涙目で睨みつけてきた。

「最低……！」

強気な態度がむしろ好ましい。熊谷の心は遠足前の少年のように浮き立った。

「真希、桂花、押さえつけろ」

少女たちはふたつ返事で華乃に組みかかった。手や足、頭をつかんで、力任せに押さえつける。子どもの力を借りずとも大人の腕力なら簡単に取り巻き押さえられるが、ここは元取り巻きを使うことが重要なのだ。

「やめてよっ、あなたたち、なんで私にこんなことするの！」

「だって特別指導官さんだもん」

「しょーがないじゃん、悪いことしてるのそっちなんだし」

見下していた取り巻きに裏切られた屈辱に、華乃は悔しげに身を震わせる。その一方、仰向けで大きく開かれた華乃の股は失禁じみてビショ濡れだった。

「水科華乃ちゃんは反省しなかったので、罰としておま×こハメ潰しの刑です」

「ひっ……！　い、いまはやめて……！　いま、すっごいビクビクしてて、ハメられたら絶対にヤバいから……！」

華乃の性感はM特化で開発している。乱暴に喉を使われて数回はイッただろう。取り巻きに裏切られた屈辱に昂揚しているだろう。

すっかり過敏化した肉穴に挿入したらどうなるかは言わずもがなだ。

もちろん罰なので遠慮せずに貫いた。

「ほへッ！　はひっ、ひっ、おへぇえええっ」

とんでもなく間抜けなイキ声に熊谷は笑ってしまう。

そして適当に腰を振りながら、愛らしい恋人たちに声をかける。

「みんなキスしよう」

「うん、する……」

エルナを筆頭に三年班がこぞって唇と舌を突き出してきた。

恋人として愛しあう者と、性奴隷じみた扱いの者。

どちらにしろ子どもを産む機能も備わってない子どもにするべき行為ではない。

それでも、ふと思う。

彼女たちに自分の子を産ませることができたら、どれほど幸せだろうか。

（差し当たってできるとしたら……）

ちらりと華乃たちを見下ろす。

年齢的に六年生であれば初潮がきている可能性も高い。

考えたとたんに全身が律動した。

「うッ……！」

熊谷は子どもを孕《はら》ませるつもりで、無様にイキっぱなしの幼膣に射精した。

その様を見ていた少女がひとり、ぼそりと羨ましげにつぶやく。

「お姉ちゃん……いいなぁ」

水科姫子は生唾を飲んでいた。

六年生がペット扱いのクマ組において、規範となるのは五年生だ。

性戯実習では率先して下級生に手本を見せることになる。

この日の課題は自慰実習。

教卓に椅子を三つ並べ、腰を下ろした五年生の三人が股をいじりだす。

「おま×こは特別指導官さんに気持ちよく使ってもらうために、ふだんからバイブやディルドで慣らしておきます」

メインは姫子。低学年の子らも聞きやすいよう柔らかい口調で説明する。大人サイズの男根型バイブを縦スジにあてがい、ゆっくりと埋めこんでいく。

「あっ、あぁ……！　慣らしていくと、おま×こも気持ちよくなって、特別指導官さんといっしょに気持ちよくなれます……！」

よがりながらも、優しい笑顔は保ちつづける。彼女は姉と違って、物腰と気遣いでまわりに好かれるタイプだ。生徒たちも騒がず真面目に話を聞いている。

もっとも姫子にしてみれば視線の数だけ羞恥が増す状況なのだが。

「説明がわかりやすく偉いぞ、姫子」

「ありがとうございます、おじさま……！」

熊谷が頭を撫でると姫子は表情を輝かせて見あげてきた。

それでいてすこし物足りなさそうな感もある。

原因はよくわかっている。

だからすこし強い口調で耳元に呟いてやった。

「みんなにもっと恥ずかしいところを見せなさい、姫子」

「は、はい……おじさま、がんばります」

少女の目がとろけて、股の水音がより粘っこくなった。

水科姉妹はともに被虐癖がある。とくに姫子は贖罪意識に根ざしたマゾヒズムだ。

強く命令をされると罪を償うチャンスだと無意識に感じ取ってしまう。

だから見せつけるように激しくバイブを抽送するのだ。

「こうしてたくさんおま×こを慣らしたら、ほら、このように」

姫子は勢いよくバイブを抜いた。

生徒たちが「おー」と感嘆の声をあげる。

針も入りそうになかった一本スジがぽっかりと穴を空けていた。

内側の粘膜が、襞肉構造が、すべて赤裸々にさらされていた。

くぱ、くぱと空気を咀嚼《そしゃく》するように開閉までする。

「こうやってアソコを動かせると、すっごく喜んでもらえます」

「そうだぞ、みんな。姫子はいつもこうやって俺のチ×ポを愉しませてるんだぞ。まだ小五なのにチ×ポを悦ばせるのがすごく上手いんだ」

褒めながら姫子の頬にペニスをこすりつける。

姫子はキスを数回亀頭に浴びせて、ディープスロートを一往復。

「ちゅっ、ちゅっ、ちゅばッ、ぢゅぢゅぢゅぅぅ……んぱっ！　えへへ、私だけじゃなくて、璃々ちゃんと椎菜ちゃんもすごいんですよ」

姫子は左右の友人にも話を振った。

「ああ、もちろんふたりもがんばってる。璃々のフェラは絶品だしな」

「おおきに、教官さん……ちゅぱッ、れろれろっ」

百合沢璃々は上品そうな口元を下品に歪めて、愛しげに男根をしゃぶった。姫子の唾液をなめ、すすり、味わって酩酊する。

バイブの出入りに応じて秘処がわななき、プシャッとしぶきが舞った。

「ほら、こんなふうに潮吹きできるようにみんながんばろうな」

「わ、私もがんばれます……！」

朽木椎菜。眼鏡と三つ編みの気弱な少女は精いっぱいアピールした。

彼女に逸物をなめさせるときは頭を撫でる。頭皮と口腔粘膜を性感帯にしておいたので、フェラ開始直後から愛液が白みはじめる。

「はむっ、ちゅるるッ、んんぅうッ！　おとうさんの、おち×ちんっ……！」

父親と誤認した相手の逸物を頬張りながら、彼女もまた潮を吹いた。

「ほらこのとおり、五年生はみんなおま×こ使いの名人だ」

「おま×こが上手になるとおじさまに……男のひとに悦んでいただけるので、みなさんがんばってください」

はーい、と元気のよい返事。

ペットの六年生はともかく、全員真摯《しんし》に受け止めて自分の膣をいじっている。

とくに熱心なのは四年生の四人だ。

一桁から二桁に移行する年齢の少女たちは、そろって特異な出で立ちだった。

制服でも私服でもない。黒や紺色のシックなスカート服に白いエプロン。頭にはホワイトブリム。いわゆるメイド服と呼ばれるものだ。

「四年班はよおく聞いておくんだぞ。おまえたちは俺に奉仕するのがお仕事だからな。おま×こ奉仕もいっぱいしないとダメだぞ？」

「もちろんわかってまーす！　特別そうじ係として、おま×こでご主人さまのおち×ぽゴシゴシできるように、あんっ、おっきいヤツぜんぶ入りそうです！」

元気いっぱいの返事は小柄で活発な穂村小紅。大人サイズのディルドを根元近くまで激しく出し入れし、「くーっ」と心地よさげにうなる。

「私も小紅ちゃんに負けずにがんばります……！　んっ、んうぅッ」

控えめな声で奮起するのは眼鏡にショートカットの小山翠。小紅を真似るように同サイズのディルドを動かす。彼女からは璃々に近い同性愛のケを感じる。

以上二名は以前から特別そうじ係としてペニスの清掃を任せている。さらに四年生の別クラスからふたりを選出してクマ組の四年班とした。

ひとりは桜小路《さくらこうじ》モモ。

赤茶けた髪をおさげにして、おしゃまな笑みでウインクをする。自分が美少女だと自覚して、明るく自信たっぷりに振る舞う少女だ。

「見てよ、ご主人さま！　私だって五年生のひとたちみたいに潮吹きぐらいできるんだからっ！　んっんっあんあんあんッ、いくよいくよいくよッ！　ああぁああ出る出る出るッ、ご主人さま写真撮ってぇ！」

「わかったわかった、はいチーズ」

熊谷がスマホを向けると、モモはピースにスマイルをしながら潮を吹いた。

「いえいっ、ぃんッ！　んぁあぁぁあーッ！　かわいく撮ってぇ……！」

彼女はアイドルを目指しているという。可能なら全国ネットでハメ撮りでも放送してみたいが、さすがにSNOの力でも難しそうだ。

四年班最後のひとりは、伊黒小夜子《いぐろさやこ》。

膝まである黒髪が印象的で顔立ちも綺麗だが、クラスでは目立たない存在だ。なにせ声が小さい。モモと正反対に自己主張をしない。

「んっ、んーっ……んっ、やばいっ、んんんッ……」

喘ぎ声も蚊の鳴くような音。他者との会話が苦手で孤立しがちな少女なのである。

そんな彼女だからこそ面白い癖があった。熊谷が肩にポンと手を置くと、

「おへえええッ！」

突如として喉が潰れんばかりの低い獣の声をあげ、絶頂に達した。少量だが潮を吹き、口から舌を垂らして痙攣する。イキぶりは大人顔負けだった。

「よしよし、感じやすくていい子だね」

「ふぅ、ふう、ふっ、ふへ、へへ、ご主人さま、ありがと……」

個性豊かな四人の女児メイドを見ていると、股ぐらが昂《たかぶ》って仕方ない。

小学生、しかも四年生ともなれば、恋も知らず遊びたいざかりだろう。それが性欲と奉仕精神に狂っている。狂わせたのが自分だと思えば達成感もあった。

「四人で奉仕できるかな？」

熊谷が言うと、彼女たちは二つ返事で応じた。

クマ組の中心にはベッドがある。

熊谷が裸で仰向けになると、メイドたちがそれぞれに動きだす。

「姫子センパイがやってた、きじょーいやります！」

リーダー格の穂村小紅が小さな体で熊谷にまたがる。極太の大人棒をためらいなく秘裂に迎えるが、半分ほどの挿入で口元を歪めた。

「ううーっ、入らないぃ……！　えいっ、えいっ、んんっ、あひッ」

がんばって腰をよじればよじるほど、子宮口への刺激に自分で喜悦してしまう。

「小紅ちゃん、焦っちゃダメだよ……ちょっとずつパコパコ悦んでもらお？　ね、ご主人さま……小紅ちゃんのおま×こじっくり味わってくださいね」

一見物静かな小山翠だが、耳元にささやく声はねっとりと艶っぽい。耳にキスをし、舌を這わせて卑猥な音を響かせる。指先で熊谷の乳首をいじりながらの、まるで催眠術をかけるかのような音責めだ。

「わ、わたしも……お耳、やってみる……ちゅぱちゅぱっ、ぐちゅッ」

逆の耳にしゃぶりつくのは伊黒小夜子。極端に小さな彼女の声も耳をなめながらであればよく聞こえる。なにより乳首をいじる手つきは翠より巧みだった。

「おっ、やるなぁ小夜子。おぉ、気持ちいい……！」

熊谷が声をあげて悦ぶと、小夜子ははにかみ笑いで愛撫を強くした。

「私もっとすごいのできるよ！　ご主人さま、ちゃんとできたら写真撮ってね！」

元気潑剌《はつらつ》の桜小路モモは結合部の下に顔を埋《うず》めた。

にゅぐり、と熊谷の肛門にぬめつく塊《かたまり》が入ってくる。

「おっ、こ、これは……！」

「んふふー、れろれろろっ、ぐちゅッ」

汚い直腸をなめまわすばかりか、腸壁越しに前立腺を刺激してくる。自己アピールのためにネットで調べた性戯だろう。まだ義務教育の真ん中に差しかかろうという年齢なのに大した探究心だ。そう仕向けたのはもちろんＳＮＯなのだが。

熊谷の海綿体は硬くそそり立ち、いまにも爆発しそうになっていた。

「あっ、すっごい、でっかくなってきた！　あんッ、おーッ、やっばいよこれ！　ご主人さまもう出しちゃうんでしょ？　あーでっかい、でっかいやっぱい！」

「ご主人さま、ぴゅっぴゅしちゃいます？　小紅ちゃんのちびっこい子どもま×こに熱くてドロドロのせーえきいーっぱい出して、金玉軽くしてくださいね」

「んっ、ちゅぴっ、ぢゅぢゅるッ、ごしゅじんさま、好き……！　ごしゅじんさまがきもちよくなってる声、好き……！　ききたい……きかせて……」

「れろれろッ、んぐっ、イッひゃえっ……！　びゅーびゅーひちゃえっ！」

子どもメイド四人の体温と体重が熊谷を至福へと導く。

精が解き放たれた。

狂おしい脈動とともに幼膣を満たしていく。

「ぁあああーッ！　いくいくいくいくーっ」

小紅も絶頂に達し、子宮口でちゅばちゅばと亀頭に吸いつく。子種がほしくてたまらないメスの本能的な挙動だった。

やはり男の射精と女の絶頂は本能的な興奮に基づいている。

子を産ませたい、産みたい、そう思うのは生物として当然のことだ。メスの年齢が一般的な適齢期であればの話だが。

「いいご奉仕だったね、四人とも。すっごく上手《じょうず》……おじさまもうれしそう」

姫子が歩み寄って四人の頭を撫でていく。

四人もうれしそうにほほ笑む。

クラス全体が幸せな空気に包まれていた。

「みんな孕ませたいな」

熊谷はついそう呟いていた。

肉体改造すら可能なＳＮＯの力であれば、あるいは。

そう思ったとき、スマホに着信があった。

白木の番号だ。

「はい、もしもし」

恩人からの連絡なので、中出ししながらでも出ることにした。

だが相手の声は皮肉っぽく乾いた白木の声ではない。年配の女性のものである。

「先ほど白木は息を引き取りました」

ＳＮＯを使いだしてから初めて、気分がどん底に落ちていく気がした。

蒲生比呂美（二年生）

【容姿】身長121cm／体重23kg／薄赤く波打つロングヘア／ぱっちりお目々にふっくらほっぺ／見事なイカ腹幼児体型。

【性格】ぼんやりおっとり箱入り令嬢。素直だが年相応に拗ねることも多々。

【SNO】低年齢層の膣拡張の実験で自慰中毒のガバガバ状態に。

細田ぷる（二年生）

【容姿】身長123cm／体重24kg／黒髪おかっぱ／ほんのり吊り目がちで意志の強い目／お尻がぷりんといい肉付き。

【性格】良くも悪くも感情的で表情豊か。反応が面白いのでイジられがち。

【SNO】長細いバイブで中イキにハマる。アクメ中毒で日常生活も危うい。

河合美栗（二年生）

【容姿】身長125cm／体重25kg／低めのツインテール／背は高めだが猫背で上目遣いになりがち／胸にほんのり膨らみあり。

【性格】愛想笑いで周囲に合わせがち。気弱だが打ち解けると一気に依存しがち。

【SNO】膣クリ同時責めバイブに執着。また、周囲に見られるのを好むように。

大河原アキラ（一年生）※容姿、性格については熊谷メモ４を参照

【SNO】膣拡張により大人サイズのディルド挿入可能に。メス臭さも増した。

水科華乃（ペット）※容姿、性格については熊谷メモ３を参照

【SNO】敬意は薄め、素の反抗心と嫌悪感をそのままにしておく一方で、命令には絶対服従。さらにM性感を鍛えることで、屈辱を感じれば感じるほど体が悦んでしまう高慢ドM豚に仕立て上げていく。

乾真希（ペット）※容姿、性格については熊谷メモ３を参照

工藤桂花（ペット）※容姿、性格については熊谷メモ３を参照

【SNO】服従することで安堵感を得る生粋の飼い犬となる。華乃に対する畏敬の念はすでになく、自分たちより下に見ている。

桜小路モモ（四年生）

【容姿】身長137cm／体重31kg／赤茶けたおさげ髪／愛らしくおしゃまな笑顔／手足長めでスタイル良。

【性格】自己主張が強いアイドル志望。自分を可愛く見せることに余念がない。

【SNO】撮影されると発情するためハメ撮りが効果的。

伊黒小夜子（四年生）

【容姿】身長140cm ／体重31kg ／極端に長い黒髪／表情は暗いが端正な顔／細身。

【性格】根暗で対人性にやや難あり。気立てはいいので嫌われてはいない。

【SNO】ふだんは小声だが喘ぎ声は大きく出すよう設定。感度がいいのですぐに獣のような喘ぎ声をあげる。

穂村小紅（四年生）※容姿、性格については熊谷メモ３を参照

木山翠（四年生）※容姿、性格については熊谷メモ３を参照

【SNO】四年生はメイドとして俺に尽くす役目に任じた。奉仕活動と充実感、性的興奮を紐付けておいたので全員一所懸命である。お手本は水科姫子。

第六章　孕まぬ腹を孕めるように

自室の姿見と睨みあって、熊谷は肉体の完成を確信した。

ぜい肉で膨らんだ体。

その内側ではち切れんばかりの筋肉。

頭は薄いが股間は剛毛。

逸物は隆々。

男のたくましさと醜さを兼ね備えた、対比で女児を映えさせる容姿だった。

「ぜんぶＳＮＯのおかげだ」

催眠暗示を使った効率的肉体トレーニングは完璧に作用してくれた。

「ぜんぶ白木のおかげだ」

癌で死んだ旧友を思い出すとセンチメンタルな気分になる。

彼は最期《さいご》の遺産を熊谷に託したあとも闘病しながら活動していた。みずからもSNOを使ってあちこち飛びまわっていたという。

「おまえのSNOで作りあげた俺の体と俺の学校がどういうものか、これからじっくり確かめていくからな」

それが白木の望みでもある。

留まることなどありえなかった。


やってきたのは豪邸だった。

家屋は二階建てで、広さは一般的な民家の二倍程度。

庭にゆとりがあって塀も高い。

駐車場には三台の車があった。高級車二台に家族用とおぼしきステップワゴン。そしてバイクも三台あった。うち一台はイタリアのメーカーだ。

「俺を轢《ひ》いた車はさすがにないんだな」

「はい……」

姫子は肩を竦《すく》めた表情が暗い。

その頭に熊谷は手のひらを載せる。

「あのとき痛かったぶん、今日はたくさん奉仕してくれるね？」

「はい……！」

姫子の顔に強い決意が浮かぶ。贖罪意識はいまだに根深い。

水科家の敷居をまたいで、家政婦らしき中年女性に頭をさげる。スマートウォッチを見せつけ、洗脳音波を浴びせながら。

「どうも、いつも姫子さんに中出ししてる者です。本日は家庭訪問に参りました」

「これはこれは、お嬢さまがいつもお世話になっております」

すでにクマ組の保護者はひとり残らずSNOの影響下にある。家政婦にもSNOをインストールさせたと姫子に確認は取ってあるが、ダメ押しで暗示を上乗せした。

万一にも正気に戻って警察を呼ばれでもしたら面倒だ。

生徒の自宅で好き放題猥褻行為に及ぶ——小宮鈴の家で試したことだ。あのときの昂揚感が忘れられず、今回は姫子を標的にした。

「私のチ×ポを姫子さんに気持ちよくしていただきますし、もちろん犯します。中出しもしますので」

言いながら、姫子の肩を抱き寄せ、覆い被さるように唇を奪った。

「はい、お疲れ様です。旦那さまと奥さまはお仕事で出ていますので、ご用があればわたくしにどうぞ」

家政婦はなにも気にしない。目の前で守るべき女児が薄汚い中年に舌を吸われているというのに。口の端から漏れるメスの喘ぎにも留意していなかった。

熊谷はしばし幼い唾液を味わってから口を離す。

「おかまいなく。世話はすべて姫子さんにしてもらいます。な、姫子？」

「はい、おじさま。あとのことは私に任せて、浜田《はまだ》さん」

姫子は家政婦を通常業務に戻らせた。

「それじゃあ、お茶でも出しますね、おじさま」

「冷たいのを頼む」

「はーい」

心なしか姫子の声がふだんより軽い。無邪気で明るい年相応の態度だ。自宅というテリトリーでは素の自分が出せるのかもしれない。お茶やコーヒーでなくオレンジジュースを出すところも子ども目線か。

「はい、どうぞ」

「ありがとう」

オレンジジュースを一気飲みした。

「すこし汗をかいたからシャワーを浴びたいな。姫子は渡しておいた水着を着てくるんだぞ？」

「わかりました！　お風呂はこっちです！」

案内された脱衣所で服を脱ぎ、風呂場に踏みこんだ。

姫子はすこし遅れて入ってくる。水着を身につけ、すこし照れくさそうにはにかみ笑いを浮かべていた。

「似合ってるよ、かわいくてブチ犯してやりたい」

「そ、そうかな？　えへへ、ちょっと恥ずかしいかもです」

ビキニタイプのヘソ出し水着である。胸まわりと股まわりを飾り立てる柔らかなフリルが愛らしい。それでいて布地はすくなめで、くびれのない幼性の体つきが存分に見て取れる。手足の華奢さもいい。髪をアップにしているのも、うなじの白さが見えて新鮮な気分だ。

「じゃあ髪から洗ってくれ。デリケートな部分だから丁寧にね？」

「はい、任せてください！」

風呂椅子に座って頭部を姫子に任せた。

温かいシャワーと小さな指とシャンプーが頭皮を刺激する。自分で洗うときより少々乱暴だろうか。女とはいえ子どもということか。

「あんまり強くやるとますますハゲちゃうよ」

「ご、ごめんなさい！　毛が抜けないようにもっと優しくします……！」

「べつにいいけどね。どれだけハゲ散らかしても姫子が奉仕してくれるなら」

「はい、もちろん！　姫子はなにがあっても一生おじさまにご奉仕します。そのために生まれてきました……」

ご令嬢の心は完全に熊谷のものだ。罪悪感と贖罪意識を練りあげて、恋愛感情と性欲に結びつけてやったのだ。その根深さにくらべれば、お子さまの恋心など一過性のまやかしにすぎない。

「じゃあ、体もしっかり洗ってもらうよ。タオルは使わないでね」

「タオルなし、ですか……？」

頭を洗い終えた姫子は不思議そうに小首をかしげる。

「手と体をタオルのかわりにするんだ」

なるほど、と彼女は得心し、ボディソープをたっぷり手に乗せた。両手で泡立たせ、自分の腕や腹など露出部に塗りつけていく。

「おじさま、こうですか？」

背中から姫子が抱きついてきた。

腰を使ってきめ細かな幼肌をこすりつけてくる。腕の細さが子どもらしくてときどき肩に当たるほっぺたはまだまだ柔らかい。

「ちゃんとチ×ポもゴシゴシしてくれ。あとでおま×こにねじこんであげるんだから、綺麗にしてたほうがいいだろ？」

「汚れててもお口できれーきれーにしますよ？」

「ははは、姫子はいい子だなぁ」

熊谷は彼女に向きなおり、強く抱きしめた。勃起しているので逸物をお腹にこすりつけるかたちである。

「あぁ、おじさま……」

「それで、このあいだ本当に生理が来たんだね？」

「はい……血が出て、びっくりしました」

見た目はまだまだ子どもだが内側は一人前の女、ということだ。

「よし、じゃあ、中出しするぞ。絶対にする。親が俺にひどいことした罰に、おまえは俺みたいな気持ち悪い中年の赤ちゃんを孕むんだ」

「……うん、する。おじさまの赤ちゃん、妊娠します」

姫子の幼い顔がなまめかしくとろけ、息があがりだした。水着越しの股から男根へと大量の愛液が垂れ落ちてくる。

罪滅ぼしで得られる奥深い愉悦に彼女は抗えない。

子宮すら捧げてしまう。

純真無垢で心根の優しい学園屈指の美女児は快楽漬けのメスに堕ちた。

(俺が堕としたんだ)

法律すら超えて手に入れた悦びに、熊谷も鼻息が荒くなった。

「ほら、ま×こでチ×ポ洗えよ」

「はい……姫子のおま×こいっぱい締めつけてゴシゴシしますね」

乱暴に命令されたほうが姫子はうれしげに従う。水着の股を横に分け、すっと腰を下ろせば、ねっとりした淫肉がたやすく綻《ほころ》んで亀頭を呑みこんだ。

「あっはぁ……！　おじさまのおち×ぽ、今日もたくましいです……！」

姫子は正面から熊谷に抱きつき、泡まみれの幼児体型をこすりつけながら、深く、深くへと、張りつめた中年棒を受け入れていく。

「太いチ×ポ好きか？」

「恥ずかしいです、おじさま……」

「嫌いならやめていいんだぞ？　生徒の自主性は尊重しないとな」

「いや、いや、おじさま意地悪です……！」

「言いなさい、姫子！」

熊谷は姫子を下から突きまわした。

「あんっ、あぉッ、ぁあああッ！」

姫子の膣内は締めつけがキツいばかりでなく、肉襞がねっとり絡《から》みついてくる。はじめのころにくらべるとずいぶん熟れてきた。感度も上々。軽くかき混ぜただけで腰尻が苦しげに痙攣しはじめる。

「……だい、すき」

まだランドセルも下ろせない子どもが、交尾慣れした熟女のように呟《つぶや》く。

「おじさまのぶっといおち×ぽ、大好きです……！」

姫子は感極まって熊谷の唇にむしゃぶりついた。飢えた犬が餌に食いつくかのように舌を絡めとり、音を立てて唾液をすする。腰をよじりまわして快感を貪《むさぼ》るのも忘れない。

熊谷も彼女の情熱に応えて舌を絡め、腰を突きあげた。

「んおッ！　おちゅっ、ちゅぢゅッ、おじひゃまっ！　ちゅっ、ちゅッ、ご奉仕しゅきッ、おじさまにごほうしッ！　にんしんしたいッ、おじさまッ！」

風呂場に媚声が響きわたる。

子どもの声に成熟したメスの甘みが加わった、熊谷の大好きな声だ。

熱烈な要望に応えるべく、男根が激しく脈動する。すでに暴発を抑えこんではち切れそうになっている。

「受精して反省しろッ、姫子！」

「あんッ、おへッ！　するっ、じゅせーして反省するぅうッ！　んぉおおッ、おじさまごめんなさいぃいいいいッ！」

謝罪と同時に姫子の幼穴は法悦の律動に震えあがった。

男を搾り取る貪欲《どんよく》なメスのうごめきだった。

「ぐッ！」

熊谷は射精した。絶対に受精させ、着床させ、妊娠させるつもりだった。

何者にも愛されなかった中年の欲望を結実させたい一心で、精子を出した。

「あぁあ、いっぱい出てる……！　おじさまのせーしでお腹いっぱい……」

姫子は腰を揺すって体をこすりつけ、熊谷を強く抱きしめ、キスをくり返す。

バタバタと騒がしい音がしたのはそんなときだ。

浴室のドアが勢いよく開かれ、ふたりの少女が飛びこんでくる。

「姫子ちゃん、ずるいわぁ。うちらが来る前に教官さんのお世話するなんて」

「あの、私たちもおとうさんにご奉仕したいです！」

百合沢璃々と朽木椎菜。五年班のふたりはそれぞれ水着姿で援軍にきた。

予定では三人そろって課外授業をするはずだった。熊谷がつい欲を出して風呂奉仕を姫子に命じた結果の先走りである。

「もちろん三人で奉仕してくれ。あと妊娠させるから」

軽く言うと、ふたりもうれしそうにうなずいた。


入浴ついでの種付け後、熊谷は五年班に自由時間を与えた。

少女らはリビングでＴＶゲームをしながらおやつの時間を楽しむ。年相応な時間の使い方で、どこから見てもただの小学生だった。子宮を精子が泳いでいるとはだれも思わないだろう。

熊谷は二階にあがり、ドアのネームプレートを見て部屋に入った。

「あ、熊谷先生！　待ってました！」

「準備できてるよー」

六年班の乾真希と工藤桂花が犬のように四つん這いで近づいてきた。少女らしく発育しだした体を黒のボンデージ服に包んでいる。

部屋の主《あるじ》は同じ衣装でベッドにいた。

拘束具で両手両脚を無理やり開かされ、目隠しにボールギャグまで装備して。

「んぅーッ！　んーッ！　んぐッ、んんんんッ！」

水科華乃は高慢な言葉を封じられ、うめきながら身をよじることしかできない。

熊谷はベッドにあがって、丸出しの幼裂へと逸物を押し当てた。

「姉妹なかよく妊娠しろよ？」

華乃のうめき声が大になる。逃れるように全身でうごめくが、ベッドから降りることすらできない。欲深な男根の餌食《えじき》になるばかりだ。

貫通した。

とびきり乱暴な腰遣いが可憐な体躯を揺さぶり、突き潰す。

妹と抱きあったときのような、まがりなりの愛情も感じられない。子どもに対する思いやりもない。ただ自分の快楽のためだけに動く、オナホールを使うのと変わらない動きだった。

「今日が危険日だって知ってるからな」

「んーッ！　んんんんぅうーッ！」

華乃がいやいやとかぶりを振る。アイマスクから涙が漏れ出ていた。

同時に、結合部から滝のように本気汁があふれ出す。

無理やり妊娠させられるような状況こそ彼女にとっては本望だろう。プライドをへし折られ、人生を踏みにじられる被虐の極致だ。

熊谷は自分勝手に射精した。

華乃は屈辱の果てに背骨が折れそうなほどのけ反った。弓なりの美しい曲線だった。胸の膨らみも最小限の少女体型だからこそ体現できる美しさである。

「おまえらも卵子出して準備しろよ？」

取り巻き二名は生唾を飲み、どこか期待している様子だった。


家庭訪問はその後もつづけた。

メイドとして躾けた四年班も一カ所に集めて奉仕させた。

もちろん種付けもしたが、ひとりも初潮がきていないので無駄打ちだろう。

「時間の問題だからべつにいいか」

ＳＮＯの暗示プログラムをいじり、生理が来やすくなるパターンも編み出した。

ただ生理を来させるだけなら難しくはない。女性としての成長を促《うなが》せば月のものは自然と訪れる。

重要なのは、子どもを子どものままでいさせることだ。

「成長なんてさせてやるもんか」

熊谷がもっとも心血を注いだのは成長を止めることである。

女児には永遠に子どもでいてほしい。

小さくて愛らしい妖精として死ぬまで生きてほしい。

せめて、その姿だけは。

だが、肉体干渉系の暗示は基本的に成長させるためにある。アンチエイジングの難しさは女性向けの美容広告がいかに多いかを見れば歴然としている。SNOという規格外のアプリであっても同様だ。

そこで熊谷は生徒たちを実験台にした。クマ組以外の一般生徒も巻きこんだ。改造しすぎた二年班の局部治療も兼ねて試行錯誤をくり返した。

一定の成果が出はじめたので、クマ組全員にフォードバックしている。

学園でこまめに身体検査をさせてみたところ、些少ながら数字に差が出ていた。成長停止プログラムを施《ほどこ》したクマ組はそれ以外より格段に発育が遅れている。一年もつづければ、より明確に差が出るだろう。

その一方で生理だけは来るようにしたい。

妊娠させたい。

愛らしい妖精たちに自分の子を生ませたい。

最初は子どもとセックスできるだけでも天国だったのに。

際限なく深化していく欲望に、じわりと焦燥を覚えることもある……が。

「白木も好きにやれって言ってくれたしな」

旧友からの遺言は、要約するとSNOを渡してきたときと変わらない。

付け加えるとすれば。

――動画サイトやテレビでSNOを使っておいてやった。国も世界もぜんぶSNOの影響下だ。学園の外でもおまえの行動を邪魔するヤツはいない。多少の例外はいても、司法機関は俺が直接出向いてやったから心配するな。

あまりにも大仰《おおぎょう》で、どこまで信じていいかわからない。

試しに近場の派出所に出向いてみた。

警官の目の前でアキラを犯してみたが、とくになにも言われなかった。中出しをして、絶頂に呆けた彼女を床に置いても無干渉。

次に鈴の顔にペニスをこすりつけても同様。

「おまわりさん、本当にほっといていいんですか？　俺、これからこの子にチ×ポ入れて精子出しますよ。この子、もう妊娠できる体ですよ？」

「できるよー！　このあいだね、血が出てね、おなかイタイイタイだった！」

小宮鈴はクマ組でもっとも小さく愛らしい。生理からもっとも縁遠いと思いきや、クマ組でも屈指のスピード初潮である。熊谷のお気に入りなので頻繁に抱かれていることと関係があるかもしれない。

「ねえねえ、パパ！　あれやろ！　持ちあげてやるやつ！」

「駅弁かな？」

「そっちじゃなくて、ゆーらゆーらってやるやつ！」

「ああ、プリンセスだな」

熊谷は鈴をお姫さまだっこで抱きあげた。背中と両膝裏を支える体勢である。ポイントは制服のジャンパースカートを腕に巻きこんでめくりあげること。パンツも穿かずに剝き出されたスジ穴に、屹立する肉棒をねじこんだ。

「あーっ、あーッ……！　はいってくるっ、パパのおち×ぽごりごりしながら、あへっ、おま×こにはいってくるぅうっ」

「見てくださいよ、おまわりさん。お姫さまだっこをすこし低めにして、あやすようにゆらゆら揺らすんです。この体格じゃなかったら腕の負担が大きすぎてつらいでしょうね。この年齢だから楽しめる体位ってわけです。それに穴が小さいうえに脚まで閉じてるから、いやぁ、めちゃくちゃ狭くてチ×ポが削れそうだ！」

熊谷はわざわざ警官に見せつけるように鈴を突きあげた。

暗示が効いていなければ即座にお縄だろう。正義の鉄拳で死ぬほど殴られるかもしれない。子どもに手を出す性犯罪者ほど見下される存在はない。刑務所ですらヒエラルキーが最下位で、一方的な暴力の餌食《えじき》になると聞く。

「鈴は俺とセックスできて幸せか？」

「しあわせっ、あんあんッ、パパとせっくすだいすきっ！」

「セックスしてくれるパパとしてくれないお父さん、どっちが好き？」

「せっくすしてくれるパパ！　ぁああッ、おち×ぽずぼずぼしてくれるパパがいいッ、パパのほんとうの子どもになりたいぃ……！」

社会通念どころか親子の愛情すら踏みにじり、ふたりは興奮の極みに至った。

「鈴の子どものパパになってやる！」

熊谷は抱えた鈴の子宮に欲望のエキスを注ぎこむ。クマ組最小の幼子を孕ませようという意地のこもった、とびきり粘つく液だった。

「あぉッ、おッ、んぉおおッ！　おーッ！　おーッ！」

鈴は言葉をなくして、愛らしいアクメ声を吐き出しつづける。熊谷の腕からこぼれんばかりに胴震いし、すがるように熊谷の服をつかんだ。実の親でなく凌辱者を頼り、膣を窄めて求めてくる。

洗脳されきった哀れな女児に警官は目もくれない。

「はー、きもちいーっ……わたし、にんしんしちゃうのかなぁ、えへへ」

「絶対に産ませてあげるよ」

安全に出産できるようSNOで母胎の柔軟性を鍛えるつもりだった。

腕利きの産婦人科医を確保するためにもSNOを駆使する。

無理な出産でクマ組の生徒を失うつもりはない。具合よく育ったオナホールを失いたくないし、自分の子を産んだ女はきっと男の勲章になるだろう。

小さな子どもの身を案じる良心など、はじまりの日に奪われてしまった。

校内で生徒妊娠計画に思いを馳せていると、男子生徒に声をかけられた。

「特別指導官さん、あの、すこし聞いてもいいですか」

鈴の兄、小宮鐘一だった。気まずそうに目を逸らしている。

「ああ、いまは空いてるからかまわないよ」

「あの、最近エルナ……堤、ちょっと変なんです」

「どんなふうに変なんだい？」

「あまりおれといっしょに遊ばなくなって……いや、おれはべつにいいんだけど。鈴がさびしがるかなって。あいつ寂しいと泣くし」

エルナの話を持ち出すとき早口になるのが怪しい。

というより、明白だ。

北欧ハーフの可憐な幼馴染みに懐《なつ》かれ、幼い少年がどのような感情を抱くか。

「キミはエルナが好きなんだね」

「えっ、いや、違うよ！　あんな白っちいのぜんぜんだよ！」

「隠さなくてもいいのに。俺はエルナのことが好きだぞ？」

堂々たる宣言に気圧されたのか、鐘一は言葉もなく口を開閉した。

「そうだ、いいことを思いついた。キミとエルナがよく遊んでた場所はあるかい？」

「家の近くの公園があるけど……」

「放課後、そこにきてくれ」

熊谷は鐘一の小さな肩を叩いて立ち去った。

面白い趣向を考え、股ぐらが膨らむ。

そして、放課後。

日が西に傾き、空が薄赤く染まりだしたころ。

小宮家と堤家の近場にある児童公園に鐘一はやってきた。

困惑気味に右へ左へ目をやっている少年を、熊谷が手を振って呼び寄せる。

「こっちだ、早くおいで。先にはじめといたから」

「はじめといたって……」

少年は小走りに駆けつけるも、言葉の意味を理解できていない。眉をひそめて首をかしげるばかりだ。熊谷が少女の乗ったブランコを後ろから揺らしているだけ、とでも思っているのだろう。

「待ってろ、いまちょっとだけ暗示をゆるめるから」

熊谷はスマートウォッチを操作し、鐘一の眼前に突きつけた。

すぐに引っこめる。

鐘一は目をぱちくりさせ、もう一度状況を見直した。

「あっ！　あッ！　あーッ！　クマちゃん突いてッ！　もっと、もっどぉおお！　ぁあーッ！　おち×ぽでっかいッ、でっかいおち×ぽだいすきぃいいッ」

小さな体に反して大きな喘ぎ声をあげているのは、お団子頭の伊豆倉アズキ。ランドセルを背負ったままブランコに立ち、後ろに尻を突き出している。

熊谷は後ろから幼穴に挿入して腰を振っていた。ブランコの高さがあるので腰の位置が合いやすい。感じやすく肥大化した陰核を指でこするのも忘れない。

「伊豆倉……？　え、なにしてんの？　なになに、え、なんで？」

「なにって、セックスにきまってるでしょ！　あーッ、もうくるッ、アクメくるっ、おッおッおッ、くるくるぐるッ、イグぅうぅうぅうーッ！」

アズキは幼悦の果てに膝小僧と子ども穴を震わせた。

同級生がヨダレを垂らして快楽に酩酊する様を、鐘一は唖然として見ている。

「どうだ、小宮くん。どう思う？」

「どうって……なにこれ」

鐘一はいまだにわかっていない。暗示による阻害はすでに切ってあるので、本当になにも知らないのだろう。

「これはセックスと言ってね、愛しあう男と女のコミュニケーションだよ」

「そだよ！　私とクマちゃんらぶらぶなんだよ！」

春音の縦スジにつながる。

「恋人……？」

「そうだね。アズキもだし、春音もだよ」

熊谷はとなりのブランコに移った。泡立った混合汁がアズキの股から伸びて、多聞

挿入。

春音の細い体が跳ねる。

「んーッ！　んんーッ、んーッ！」

彼女は今日もヘッドホンで熊谷の音声を聞きつづけ、すっかり仕上がっている。

「多聞も……？　でも伊豆倉と恋人って……」

鐘一の疑問を放置して、熊谷はスマホで春音の聞いている音声トラックを操作。

フィニッシュ用のボイスを再生させた。

『イケ、ほらイケよ、春音。ガキ穴からみっともなくヨダレ垂らしまくってイケッ』

「んんんんんんんーッ！」

抽送もはじまっていないのに、春音の性感は頂点に達した。

抽送がはじまると、イキながらの刺激に目を剝く。

「おぉおおッ、やべっ、しんじゃうっ、クマせんせっ、ゆるしてっ」

「な、なんだか多聞苦しそうだけど……」

鐘一は動揺しているが、気にしない。

春音も苦しんではいるが、同時に悦んでいるので気にしない。

熊谷は好きなだけ動いて、好きなタイミングで射精した。

「ひあぁーッ！　あへッ、へぉぉおおッ……！　クマせんせ、すきぃ」

愛する者に絶頂の証《あかし》を注がれて、春音は幸せそうに呟く。涙と鼻水を垂れ流してひどい形相をさらしながら。

「多聞、なんかすごい顔になってる……」

「これがセックスだ。女の子みんなこんな顔になるぐらいチ×ポが好きなんだ」

「みんな……そうかな」

「そうだぞ。キミがよく知ってる子もな」

熊谷はスマホを鐘一に見せつけた。

映し出された動画に少年は瞠目《どうもく》する。

「鈴……？」

彼の妹が熊谷に犯されながら、歪んだ笑顔でピースをしている。声も歪んでいるが、苦痛の色はない。快感のあまり表情も声も歪になるのだ。実の兄にはそれが伝わるのだろう。茫然自失と立ちつくすばかりだった。

「悪いね、妹さんのま×こを便利に使っちゃって。お詫びに、特別に、キミだけに、とてもいいものを見せてあげよう。ほら、おいで！」

熊谷が呼びかけると、山型滑り台の影から少女が現れた。

亜麻色の髪と透けるような白い肌の少女、堤エルナ。

「堤……」

「しょうちゃん？　きたの？」

「うん、特別指導官さんに呼ばれて」

「そう……」

エルナは鐘一とそれだけ話すと、熊谷のもとにやってきた。

熊谷はブランコに座り、股の上にエルナを手招きする。

「これからエルナともセックスするから、小宮くんも見ていくといい」

「えっ。エルナまで？　エルナも、鈴たちみたいに……？」

「もう何十回もパコったよ。悪いね、幼馴染みのキミに許可を取らなくて」

鐘一はなにも言えない。恋を知らず、理解できず、ただ困惑しながら見ていることしかできない。

だというのに、彼の幼馴染みは言う。

「あんまり見ちゃだめ……だーりんとのらぶらぶせっくす」

エルナは熊谷の股に座りこんだ。秘処を亀頭に押しつけ、腰をよじって角度を調整する。湿った吐息を漏らしながら、窄まった小口で男の槍先を捉え、ぶちゅり、ぶちゅり、とじっくり味わうように飲みこんでいく。

狭くて引っかかる入り口。

火がついたように熱い肉壁。

コリコリしていて、触れると吸いついてくる子宮口。

しっかり根元まで飲みこむと、喜悦の震えが全身に波及する。年のわりに大きすぎる胸が微動した。

「おッ、おぉおおお……おっ、おーっ、おち×ぽ、おち×ぽぉ……！」

エルナはかすれがちな声を無理に押し出してうめき声に変えていた。彼女の喘ぎ声はほかの少女らと比べると少々低い。人形のように神秘的な外見でありながら、動物じみて下品な喘ぎである。

「な、なんだよ堤、そんなヘンな声あげて……」

「もう聞こえなくなってると思うよ、キミの声なんて。エルナはハメられたらチ×ポと俺のことしか考えられなくなっちゃうからね」

熊谷は地面を足で押し出すようにして、ブランコをすこし後退させた。中腰で小尻を預けてくる姿勢のエルナを、助走をつけて、突く。

「おヘッ！」

ブランコの揺れを利用して突く。

くり返し、突く。

突きまわす。

「ぇおおっ、おーっ、だーりんっ、ずこずこじょうずっ、好きっ！」

エルナも上機嫌でみずから腰を振りだした。タイミングをあわせて上下に微動するだけだが、これが効果抜群なのだ。一番奥に届く瞬間、絶妙な角度で子宮口に当たる。この衝撃をエルナはこよなく愛している。

そして衝撃は胸にまで届き、服ごと柔乳を揺らした。

「堤、おまえ、胸、そんなに、そんなだっけ」

鐘一の目はエルナの胸に釘づけだった。

「俺が大きくしたんだよ。もう大人の巨乳並だろ？」

骨盤も広がっていない幼児体型で、胸だけがこぼれんばかりに大きい。後ろからでも腋からわずかに揺れる様がのぞけるほどだ。繊細な相貌を裏切るようなギャップは濁った嬌声と同じかもしれない。

さらに、乳肉が揺れるたび服が突っ張って、ランドセルも派手に踊る。

「ランドセル背負わせてパコるのは興奮するなぁ」

赤いランドセルが上下するたびに金具が音を鳴らしていた。たかが背負いものだが、中高生には縁がないものである。彼女らが何者であるのかをもっとも雄弁に語るイコンと言ってもいい。

だから熊谷は昂るままに、呆然としている少年へ笑いかけるのだ。

「知ってるか？　エルナはもう初潮が来てるんだぞ」

「しょちょ……？」

「んっ、おんッ、おっ！　そうなの、初潮、きた……！　だーりんの赤ちゃん産んで、結婚して……およめさんになる」

おそらくそれは、彼女らの年齢で想像できる最高の幸せだろう。

鐘一は歯を食いしばり、なにも言わずに駆けだした。生まれてはじめての失恋だろう。その地獄めいた感情がわかるからこそ、熊谷は勝ち誇った。

「ようやく俺は幸せになるんだ……！　可愛い子どもをたくさん犯して、片っ端から妊娠させて、世界一幸せになるんだ……！」

足腰が荒ぶった。

エルナの腹を破らんばかりの勢いで抽送し、一気におのれを高めていく。

「んっ、おんッ、ぉおおッ……！　いいよ、だーりん……！」

一瞬、濁っていた少女の喘ぎがひどく透き通った響きになった。

「ふたりで結婚して、らぶらぶで、幸せになろうね」

無垢で舌っ足らずな口調だが、すべての過《あやま》ちを受け入れるように優しい。

じわりと熊谷の目に涙がにじんだ。

消し潰されたはずの良心がうずいた気がした。

ためらいを払拭するべく、熊谷は全身全霊を竿先にこめる。

「愛してるぞ、エルナ！」

「だーりん愛してるっ」

ふたりで呼びあい、愉悦に震える粘膜を思いきり打ちつけあった。

「あおっ、おっおっおッ、おんッ！　おーっ、おーッ、あいしてるっ、すきすきっ、結婚したいっ、ずっといっしょにいたいぃッ！」

濁った喘ぎと子どもっぽい結婚願望が入り交じって、特濃の卑猥さがあった。

子どもの人生を穢している実感に熊谷の背筋が粟立つ。

背筋から股間へと粟立ちが伝播《でんぱ》し、海綿体が灼熱に沸騰した。

「一生俺のものになれ、エルナッ！」

怒鳴るように言って噴出した。

「おひッ、はへぇぇぇぇッ……！　いっしょう、ずっと、だーりんといっしょ、んぉおおおぉおおぉおおーッ！」

幼腰を思いきり引きつけ、結合が緩まないようにして注ぎこむ。絶頂に痙攣する粘膜同士がこすりあう。脳を貫くような快感が延々とつづいた。

ハーフの美少女も恍惚と中出しの悦びを味わっている。

「ぉおー、おー、すきすきっ、だーりぃん……ちゅーしたい」

振り向いて肩越しに視線を投げかけてくる。

三十歳ほども年の離れたふたりは、とびきり粘っこくキスをした。たわわな乳房を無遠慮に揉みしだき、その柔らかみを堪能しながら。

「んちゅっ、ぢゅるるッ、れろれろっ……おいしい……」

美味しげに中年の唾液を飲むエルナの頭に、幼馴染みはもう存在しない。

ふたりの情事を羨ましげに見ているクマ組の女児らも大差ないだろう。熊谷と幸せになるためなら家族だって捨てるかもしれない。

「おまえたちは一生俺のものだから、一生スケベな子どもでいてくれよ」

三人は元気よく了承の返事をする。

町内放送で蛍の光が流れ、児童の帰宅を促す声が響きわたった。

「じゃあみんな帰ろうか。俺は今日、エルナの家で一晩かけて種付けするから」

絶倫中年はまだまだ止まらない。

もっともっと幸せになりたいのだ。


熊谷の特別授業はつつがなく継続した。

父兄も警察も何者もクマ組に口出しをしない。

教育機関に異常者がいることに疑問も抱かない。

「白木のやつ、いまごろ爆笑してるだろうな」

あの男がいるのはきっと地獄だろう。

自分もいずれ同じ場所に堕ちる。もし死後の世界が実在すれば。

残念ながら熊谷はリアリストだ。人間の意志は死によって断絶すると考えている。

だからこそ子孫を残すのが生物の本能なのだ。

「……ですので、私はこの特別授業をつづけてきたのです」

体育館に盛大な拍手が巻き起こった。

熊谷がステージから見下ろせば、ずらりと人が並んでいる。全校生徒と一部父兄、教職員たちが熊谷の招集に応えたのだ。

クマ組の生徒たちはステージの前で彼らと向きあうかたちで整列していた。体操用マットに腰を下ろし、思い思いの体勢で自慰しながら。

「こちらクマ組の生徒たちはみな、私とセックスするために性器トレーニングをくり返し、いまでは全員がこの逸物を根元まで受け入れられるのです」

熊谷がズボンから肉棒を取り出すや、ふたたびの拍手。

クマ組以外のみなが感動の面持ちで少女らの成長を見守っていた。もちろんとっくに洗脳済み。実の親ですら目の前の異常性に気づかない。股間丸出しの男はおろか、娘が淫らによがり狂う姿を立派な晴れ姿だと勘違いしている。

「そして今回、みなさんに特別なご報告があります」

熊谷が手をあげると照明が消えて暗闇が訪れた。

プロジェクターからステージ中央のスクリーンに映像が表示される。

女児が三人いた。制服姿の美少女たち。

身長が大中小と段差を描いているが、大ですら大人にくらべるとミニサイズ。
『クマ組五年班の水科姫子です』
姫子は折り目正しくお辞儀した。
『クマ組三年班、堤エルナです……』
エルナは浅いお辞儀。もったりと重たげに乳房が揺れた。
『クマ組一年班！　小宮鈴ですっ！』
鈴は空気に頭突きするように勢いよくお辞儀した。
三人は目配せを交わしてタイミングを合わせる。
同時に鉛筆程度の長さのスティックを横にして突き出してきた。
真ん中に四角い表示部があり、赤い縦線が引いてある。
妊娠検査薬の陽性表示だ。
『私たちみんなおじさまの、熊谷指導官の赤ちゃんを妊娠しました』
『だーりんと結婚する……ずっといっしょ……』
『パパとね、いっぱいせっくすして、びゅーびゅーってしてもらったよ！』
クマ組で最初に妊娠したのはお気に入りのトップ三名だった。
集中して種付けしたのがよかった。

付け加えるなら、妊娠までの数カ月で三人の成長はほぼ止まっている。育ち盛りの時期だというのに一センチも伸びていない。例外は膣のハメ具合とエルナのバストぐらいのものだ。

「この三人は理想の子ども便器として、妊娠出産後も自由にハメさせていただきます。のちのち進学はしてもらいますが、私が呼び出したらいつでも奉仕をしていただきます。こんなふうに」

画面が切り替わった。

大々的に映し出されるのは、熊谷の股間に鼻面《はなづら》を押しつけた制服ランドセルの三人。先ほどまでの映像は録画で、こちらは壇上で現在進行のライブ映像だ。

熊谷はすでに服を脱ぎ去って全裸だった。

「父兄のみなさま、ごらんください。親の愛情を一身に受けて成長した可愛らしいお子さんが、これから花開くであろう大切な人生を、私のような薄汚れた中年にすべて捧げている姿を、おっふう」

股間を満たす喜悦に熊谷は耐えきれずうめいた。

「だーりん、どう？　おっぱいでぎゅっぎゅずりずり、きもちいい？」

エルナは制服の前を開き、白い乳房で男根を挟んでこすり揺らしていた。

パイズリ——大人でもよほどのバストでなければ不可能な性戯である。

エルナは小学三年生にしてパイズリを実現していた。自前の早熟さにＳＮＯの肉体干渉を重ねた乳房は、もはやヘソに届かんばかりだった。

「エルナちゃんおっぱいすごい……鈴は小さいし、ぺろぺろがんばるよ！」

鈴はエルナの乳間からはみ出した亀頭を一所懸命しゃぶっている。小さなお口でくわえ、なめ転がし、吐き出すと血管の浮いた幹を甘噛み。

唾液はたっぷり。おいしいと思っていなければ出ない量だった。

おいしくて大好きだから、拙《つたな》いながらも一所懸命になれるのだ。

「んぢゅっ、れうぅ……おじひゃま、ごめんなひゃい、ごめんなひゃい」

姫子だけは熊谷の後ろにいた。尻に顔を埋《うず》め、肛門に舌を差しこんでいる。めいっぱい舌を伸ばして直腸をなめこすり、腸壁越しに前立腺を刺激。その最中もしきりに謝罪の言葉を重ねている。

人体でもっとも汚れた部分に奉仕し、自分を貶《おとし》めて贖罪意識を満たす。そうすることで床に愛液溜まりを作るほど興奮するのが、いまの水科姫子だった。

「おっほぉ、たまんねぇな、便所ガキども」

熊谷はあえて下劣な口調をマイクに吹きこむが、だれかが憤《いきどお》るでもない。

ＳＮＯの効果を実感しながら、景気づけに一発射精した。

「ぷあっ！　あっ、びゅっびゅきた！　パパのびゅっびゅ、おいしいせーし！」

最初に精子を受けたのは亀頭をなめていた鈴。園児と変わらない幼顔に白濁を浴びながら、大口ベロ出しで味わおうとする。

「わたしも、ほしい……だーりんのネバネバ、お口にちょうだい？」

エルナは搾り取るように双乳を締めつけながら、鈴に負けじと開口した。天使か妖精のような相貌が崩れるほど派手に、動物的に。

「イッへ、おじひゃま……！　ひもちよくなっへ、れろれろっ」

姫子は必死に舌を使って前立腺を刺激していた。すこしでも絶頂を長引かせようという心遣いだろう。熊谷の幸せが彼女の幸せだった。

「三人とも、顔出せ」

熊谷はわざと乱暴に姫子の髪をつかみ、自分の正面に引っ張り出した。

みっつ並んだ美少女の顔へと白濁を振りまく。

男性教諭や父親らが「おお」と羨望まじりに感嘆する量と勢いだった。

「はえっ、あったかいのいっぱい！　パパ、今日もいっぱい！　えへへぇ」

「お口、おくちに……！　だーりんのせーし、飲みたい……」

「おじさま、気の済むまで汚してください……！　姫子を白いおしっこ専用の便器にしてください……！」

酔いしれた声はピンマイクで体育館全体に広がっている。

顔ばかりか髪まで汚されていく哀れな女児の姿はスクリーンに映写中。

ほかのクマ組生たちもオナニーをしてアンアン喘いでいる。

一般生徒に教師や父兄は的外れな拍手や歓声をあげるばかり。

馬鹿げた夢のような状景に熊谷は笑ってしまった。

「ははは、最高だな。ＳＮＯのおかげで人生が最高潮だ」

射精を終えると、萎えることなき男根で女児らの顔をぺちぺち叩く。

粘濁を塗り伸ばし、髪の毛で拭く。

恥辱的な行為であろうに、三人は至福感に目を細めていた。

「三人とも、パコ台持ってきてま×この用意しろ」

「はーい！」

顔をどろどろにした三人が持ってきたのは、熊谷手製の踏み台だ。脚を八の字に開くと腰の高さが熊谷とぴったり合うよう、各自の身長にあわせて造られている。

三人は横並びで台に乗り、自分の膝に手をついた。

観衆に顔を向け、熊谷に尻を向ける。

ジャンパースカートをまくれば、幼裂は三つとも洪水となっていた。

「まずは優等生の水科姫子から犯します。そらっ、どうだッ」

熊谷は姫子の腰をつかんで肉穴を貫いた。

「はうッ、ぁあああああッ……！　あッ、おッ、とってもぶっとくて、んぁああッ、お腹がゴリゴリ削られていきますッ！」

「痛いのか？　つらいのか？」

「痛くないですッ、つらくないです……！」

「じゃあどうなんだ！　ハッキリ言え！」

熊谷はいっさいの遠慮なしに腰を使った。パンパンと肉打つ音が体育館に響く。ぼちゅぼちゅと水音もともなっていた。

「気持ちいい、ですぅ……！　おじさまにおま×こ使ってもらえると、幸せでいっぱいになりますぅ……！　あひッ、ぁあああッ！　あーッ！　あんんッ！」

姫子は乱暴にするほど表情がとろける。髪をつかんで撮影用カメラのほうに顔を向けさせると、お上品な令嬢とは思えないとろけた笑みがスクリーンに映った。

つづいてエルナを犯した。

「はへッ、あへッ、あおぉぉおッ！　おッ、おーッ！　ま×ここわれるっ、ま×ここわされるッ、だーりんにおま×こブッこわされぢゃうぅぅうッ！」

「あーあー、こんなに綺麗な顔してるのにすっごいアヘ顔になってますね。それにみなさんごらんくださいよ、このおっぱい！」

快楽に鼻水まで垂らした顔の下、乳房が自重に負けて垂れ下がっていた。突くたびに激しく揺れる様もスクリーンで披露されている。

「義務教育を半分も終えてないガキがこのおっぱいですよ？　揉んだらまた柔らかくて最高なんですよ。ほら、こんなふうに」

後ろから乳房を握り潰すと、指のあいだから柔肉がぷっくりはみ出す。水風船のように柔らかく、ほんのり温かい。

硬い乳首は感度抜群で、つまんでシコシコとこすってやれば、エルナの全身が惨いほどに震えた。

「だーりんっ、ぉおおッ、すきすきッ、だーりんだーりんっ、すきぃいッ」

そして三人目は最小の女児。ハメると同時に笑いだした。

「きゃははッ、おま×こいっぱいっ、あんッ、おち×ぽでかでかっ！　みんなー、鈴ね、パパのおち×ぽずっぽり入るんだよーっ！」

誇らしげに言う鈴のため、熊谷はいったん彼女を抱えあげた。足裏に腕を通して開脚させながら持ちあげる。

逸物が根元まで入っているばかりではない。幼女特有のぽっこりしたイカ腹に、ぽっこりと男根の形が浮かんでいるのだ。それもヘソまで届くかたちで。

「あのね、あのね、しきゅーっていうのをね、パパのおち×ぽで、ぐっちゅううってすると、わたしっ、おひッ、イッ、イッちゃうぅうううッ！」

子宮口を思いきり押し潰すと、それだけで鈴はのけ反り達した。

踏み台に下ろして後ろから突き潰すとまたイク。

幼さゆえの順応性か、鈴はクマ組でも屈指の感度を誇る。

「こうやってこの子どもたちを妊娠させてきたわけです！　こうやって！　こうやって！　こんなふうに犯しまくって！」

熊谷は取っかえ引っかえ三人を貫いた。

「ごめんなさいッ、おじさまごめんなさいッ！　あんっ、おんッ、あおッ！　はしたないま×こ女でごめんなさいッ、おち×ぽ大好きなエロガキでごめんなさいッ！」

「ぉおおおッ、えひッ！　中出しほしいッ、またびゅーびゅーほしいッ！　毎日したいッ、せっくすだけしてたいッ！　だーりん以外いらないぃぃッ！」

「あぁああッ、あへッ、んぇぇえぇッ……！　またイクっ、まだまだイク、わたしもっとイけるよッ！　見てて、鈴がんばってイキまくるからッ、あぁーッ！」

三者三様のよがりようをスクリーンは映し出していた。

だれも咎《とが》めず、ただただ鑑賞している。

愉悦の汗を流す壇上の鬼畜を見過ごすことしか彼らにはできない。

「おおぉおッ、出るぞ出るぞ！　産んだらまた種付けするし、妊娠させてやる！　子どものうちに毎日産ませて、子どもの体のまま大人になっても孕ませる！　一生俺のものだッ！　可愛い女児みんな俺のものだッ！」

狂った声に応じるのもまた狂気の声だ。

「はいっ、おじさまのものですッ！　ぁああ、一生おじさまの所有物っ、あひッ、うれしいですおじさまッ、あぁあッ、あーッ、ぁあああぁッ！」

「んおおッ、ぉおッ、お！　結婚っ、だーりんのおよめさんっ！　おんッ、赤ちゃん産んで、夫婦っ、しあわせッ、ぇおおおおおッ！」

「はへっ、あへッ、おま×こ熱いッ！　すごいイッちゃう！　めちゃくちゃヤバいのくるッ、ヤバいヤバいッ、パパっ、びゅーしてびゅーしてぇ！」

小さくて細くて愛らしい、ランドセル適齢期の女児たち。

庇護《ひご》すべき幼さの妖精たち。

性と切り離されて生きるべき天使たち。

それらを身も心も穢す悪魔じみた悦びに、熊谷は魂を捧げていた。

「出るッ……！　中出しだッ！」

観衆に宣言しながら絶頂に達する。

三人につづけて射精した。思いきり男根をねじこみ、膣奥に発射して、次の膣に移動してまた注ぎ、次の幼穴に注入したらまた移動。

「あぁああッ……！　おじさまおじさまっ、ぁあああああッ！」

姫子は長い黒髪を艶めかせながら、薄い背を反らしてオルガスムスに溺れた。

「おぉおッ！　おーッ！　おぉおおーッ！　だーりん好ぎぃいいいいッ！」

エルナは乳房を揺らし、濁った嬌声で愛を謳った。

「イクイクッ、あっへぇえええッ！　パパっ、しゃせいじょうずッ、パパっ！」

鈴はちいちゃなお尻で飛び跳ねるように大きく痙攣した。

鬼畜と女児三人の絶頂を大きな拍手が包みこむ。

道に外れた淫行を大勢が祝福してくれていた。

「俺は勝ったぞ、白木……！　社会倫理に、法治国家に勝ったんだ！」

亡き友に語りかけながら、終わることなく中出しする。何度でも、何発でも。
何十年と熟成してきた欲望は尽きることがなかった。

★最優秀生徒

水科姫子（五年生）：贖罪のために子宮すら俺に捧げて妊娠。至福の表情。

堤エルナ（三年生）：大人顔負けの巨乳に。愛する恋人＝俺の子を妊娠。至福。

小宮鈴（一年生）：最下級生にして子宮完成。パパ＝俺の子を妊娠。至福。

●六年生

水科華乃：屈辱の底で妊娠。我が子に愛情を抱くよう暗示をかけておく。

乾真希：未懐妊。陰毛が生えてきたので、SNO除毛が不可能ならクマ組追放。

工藤桂花：懐妊。粗暴な性格がなりを潜め、我が子を想う優しげな表情が増える。

●五年生

朽木椎菜：父親と誤認した俺の子を妊娠。その事実をオカズにオナニー頻発。

百合沢璃々：姫子と同じ種で孕むべく妊活中。

●四年生

穂村小紅：メイドとして妊娠することを急務と認識して妊活に積極的。

木山翠：妊娠中。出産までに自分を題材にした官能小説を書きたいらしい。

伊黒小夜子：まだ妊娠できないことで気後れ。孕ませたい意志を伝えると喜ぶ。

桜小路モモ：四年生で最初に懐妊。それを自分の魅力と解釈して得意気。

●三年生

伊豆倉アズキ：エルナを羨んで種付けをおねだり。陰核趣味は薄れ気味。

多聞春音：なぜか音声だけで妊娠できると勘違い。面白いので放置。

●二年生

蒲生比呂美：ゆる穴の縮小実験が上手くいきすぎて挿入が困難。再拡張中。

細田ぷる：中イキからの種付けで二年生唯一の妊婦に。

河合美栗：デカクリが下着の裏地で擦れるだけで絶頂。感度抑制のため調整中。

●一年生

大河原アキラ：すでに男根狂いのメス穴。駆けっこも遅くなった。

◉新人作品**大募集**◉

マドンナメイト編集部では、意欲あふれる新人作品を常時募集しております。採用された作品は、本人通知のうえ当文庫より出版されることになります。

【応募要項】 未発表作品に限る。四〇〇字詰原稿用紙換算で三〇〇枚以上四〇〇枚以内。必ず梗概をお書き添えのうえ、名前・住所・電話番号を明記してお送り下さい。なお、採否にかかわらず原稿は返却いたしません。また、電話でのお問い合せはご遠慮下さい。

【送付先】 〒一〇一‐八四〇五 東京都千代田区神田三崎町二‐一八‐一一 マドンナ社編集部 新人作品募集係

侵入洗脳《しんにゅうせんのう》 俺専用学園《おれせんようがくえん》ハーレム《はーれむ》

二〇二二年十一月十日 初版発行

発行◉マドンナ社
発売◉二見書房
東京都千代田区神田三崎町二‐一八‐一一
電話 〇三‐三五一五‐二三一一（代表）
郵便振替 〇〇一七〇‐四‐二六三九

著者◉葉原 鉄【はばら・てつ】

印刷◉株式会社堀内印刷所 製本◉株式会社村上製本所

ISBN978-4-576-22154-0◉Printed in Japan◉©T.Habara 2022

Madonna Mate